Colecção Literatura de Macau

澳門基金會
FUNDAÇÃO MACAU
中华文学基金会

·散文·

新世代生活志：
第一个五年

陆奥雷／著

作家出版社

澳门文学丛书

总 序

值此“澳门文学丛书”出版之际，我不由想起1997年3月至2013年4月之间，对澳门的几次造访。在这几次访问中，从街边散步到社团座谈，从文化广场到大学讲堂，我遇见的文学创作者和爱好者越来越多，我置身于其中的文学气氛越来越浓，我被问及的各种各样的问题，也越来越集中于澳门文学的建设上来。这让我强烈地感觉到：澳门文学正在走向自觉，一个澳门人自己的文学时代即将到来。

事实确乎如此。包括诗歌、小说、散文、评论在内的“澳门文学丛书”，经过广泛征集、精心筛选，目前收纳了多达几十部著作，将分批出版。这一批数量可观的文本，是文学对当代澳门的真情观照，是老中青三代写作人奋力开拓并自我证明的丰硕成果。由此，我们欣喜地发现，一块与澳门人语言、生命和精神紧密结合的文学高地，正一步一步地隆起。

在澳门，有一群为数不少的写作人，他们不慕荣利，不怕寂寞，在沉重的工作和生活的双重压力下，心甘情愿地挤出时间来，从事文学书写。这种纯业余的写作方式，完全是出于一种兴趣，一种热爱，一种诗意追求的精神需要。惟其如此，他们的笔触是自由的，体现着一种充分的主体性；他们的喜怒哀乐，他们对于社会人生和自身命运的思考，也是恳切的，流淌着一种发自肺腑的真诚。澳门众多的写作人，就这样从语言与生活的密切关联里，坚守着文学，坚持文学书写，使文学的重要性在心灵深处保持不变，使澳门文学的亮丽风景得以形成，从而表现了澳门人的自尊和自爱，真是弥足珍贵。这情形呼应着一个令人振奋的现实：在物欲喧嚣、拜金主义盛行的当下，在视听信息量极大的网络、多媒体面前，学问、智慧、理念、心胸、情操与文学的全部内涵，并没有被取代，即便是在博彩业特别兴旺发达的澳门小城。

文学是一个民族的精神花朵，一个民族的精神史；文学是一个民族的品位和素质，一个民族的乃至影响世界的智慧和胸襟。我们写作人要敢于看不起那些空心化、浅薄化、碎片化、一味搞笑、肆意恶搞、咋咋呼呼迎合起哄的所谓“作品”。在我们的心目中，应该有屈原、司马迁、陶渊明、李白、杜甫、王维、苏轼、辛弃疾、陆游、关汉卿、王实甫、汤显祖、曹雪芹、蒲松龄；应该有莎士比亚、歌德、雨果、巴尔扎克、普希金、托尔斯泰、陀思妥耶夫斯基、罗曼·罗兰、马尔克斯、艾略特、卡夫卡、乔伊斯、福克纳……他们才是我们写作人努力学习，并奋力追赶和超越的标杆。澳门文学成长的过程中，正不断地透露出这种勇气和追求，这让我对她的健康发展，充满了美好的期待。

毋庸讳言，澳门文学或许还存在着这样那样的不足，甚至或许还显得有些稚嫩，但正如鲁迅所说，幼稚并不可怕，不腐败就好。澳门的朋友——尤其年轻的朋友要沉得住气，静下心来，默默耕耘，日将月就，在持续的辛劳付出中，去实现走向世界的过程。从“澳门文学丛书”看，澳门文学生态状况优良，写作群体年龄层次均衡，各种文学样式齐头并进，各种风格流派不囿于一，传统性、开放性、本土性、杂糅性，将古今、中西、雅俗兼容并蓄，呈现出一种丰富多彩而又色彩各异的“鸡尾酒”式的文学景象，这在中华民族文学画卷中颇具代表性，是有特色、有生命力、可持续发展的文学。

这套作家出版社版的文学丛书，体现着一种对澳门文学的尊重、珍视和爱护，必将极大地鼓舞和推动澳门文学的发展。就小城而言，这是她回归祖国之后，文学收获的第一次较全面的总结和较集中的展示；从全国来看，这又是一个观赏的橱窗，内地写作人和读者可由此了解、认识澳门文学，澳门写作人也可以在更广远的时空里，听取物议，汲取营养，提高自信力和创造力。真应该感谢“澳门文学丛书”的策划者、编辑者和出版者，他们为澳门文学乃至中国文学建设，做了一件十分有意义的事。

是为序。

2014.6.6

目　录
CONTENTS

经济时代里的升大季节

升人考试的季节不经不觉又到了，想到去年的今天，我正为能否考进大学而担心，而现在我已舒舒服服地在大学校园漫步，这实在是太幸运、太幸福了。

是的，我的确是很幸福，毕竟升大的考试再不会给我压力。但和我同届的同学，很多都对去年考试的结果不满意、又或是他们想考取另外一些的学校与科系，他们都决定再考今年的升学试。可怜，他们又要再一次面对着等待结果的紧张心情。

我庆幸自己没有后悔所选取的学校与学系，我庆幸自己现在读得开心而且获益不少。看到自己过往的同学，要么说自己选错了系、要么说那所大学不好，最后又得再回头，这样一年的青春就浪费掉了，心里总觉得可惜。

在升大的过程中，最可悲的不是自己选错，而是被迫选错了。在重考的一众同学当中，很多是被父母逼去读自己不喜欢的学系的；他们明明想读艺术，却因为父母的经济回报原则而被迫读医读商；一年过去了，父母才发现自己的子女真的读不好，心里着急，吵骂之后才肯让子女转到自己想读的科系去，那有什么意思呢？这里，我又是庆幸自己的父母给我绝对的自由去追寻自己的理想。

有未清楚自己的去向，那是自己的事，怨不得人；重考意味的是自己终于有了方向，终于有了自己的目标，虽然浪费了时间，但我觉得还是值得的。至少在浪费的日子里面，我们用时间找到方向。然而明知自己的方向，却要转几次弯才可以走回那个地方去，那又是什么道理。

在这个考试的问题上，我认为完全是社会造成的。试想，如果任何一个学科都能赚到很多的金钱的话，父母会妨碍我们去自由选择专业吗？如果每一个专业读完都能保证找到一份满意的工作，我们会因为经济理由改变自己的想法吗？

在经济社会里面，资本主义、拜金主义成为我们行为上的一大作用力。我们都被迫先满足这两大作用力，然后才有自己。那么我们是为了什么生存呢？

为了钱？如果是这样，不要读书了；不如我们用读书的时间自学赚钱之术，又或是拜什么名师让他教你一种最快致富的方法好了。我们大可以忘记人生、忘记道德、忘记礼义，反正有钱就够了，要其他干什么？

不是这样的吧。想到这里，我就庆幸还有这么多同学重考了。他们的重考，至少证明了自我理想比经济目的重要。在这么多的压迫下，我亲爱的同学们还是可以向理想进发，那真令人高兴。

只是（我也许入世未深），还有那一班沉没于经济洪流里的家长，不知在什么时候才清醒过来，让其他快将到升大的学弟不用走这么多弯路呢？

2001.8.1

试谈读诗

我对诗的审美是很初步的，只因我是个读诗的初哥。作为诗的爱好者，我想谈谈自己最初读诗的方法。我这里要说的是新诗，当然，通常一个学生最初接触的唐诗之类的，这里我先不说。

我读新诗，首先会读它的整体感觉，大体意象，然后再深入它的情景，试探索作者的心情。因为要了解一首诗，所以我们得先去认识那首诗的作者和写作背景，所谓“颂其诗，读其书，不知其人，可乎？”。通常一个作家去写一首诗，必定有所因由，要是我们可以先知道前因后果，那读诗的时候就不用任意去猜度作者每一句的用意和意思，这样是方便了我们去感受，也可保证我们不会误解了一首诗，削减它的魅力。

另外，一首好的诗，必然有其可给读者咀嚼的地方。就是说，读一句诗句，会令你去思索问题，找寻诗歌透迤于字里行间的说话，那就是所谓的诗味。《孟子·万章》篇有这样的一句话：“故说诗者，不以文害辞，不以辞害志。以意逆志，是为得之。”这里以意逆志，我认为是一个很好的探求诗味的方法。我读诗是主张引发自己的想象和创造的。毕竟一首诗可以有很多的诠释方法，能令人有越多的遐想思想、对人的幻想和创造力越有所刺激和提高的，我认为那首诗越好。虽然以意逆志是很主观的探索方法，但也未尝不是深入了解作者的第一步方法。我觉得这是理解诗的必须途径。只有经过这初步的了解，被那首诗的诗味所吸引，下来才可以继续找寻诗人诗里的真情。

不能否认，如过分的“以意逆志”，会使读诗成了断章取义，那就有违孟子的意思。

我读诗，不敢就诗中一两句的精句妙句就给全诗下一个定论；我知道，一首动人的诗，总会有那么两三句深深地刻进你脑海。我总觉得，很可能那只是诗中的一部分情感的集合结晶，那不是整体。作为一首诗，那就一定是一个整整的个体，绝不能以一两句作为诗的全部，那也是有伤诗的。

当真个从诗里那思想的余地得到收获，又了解了诗和诗人的真实情形和寄托，最后我就可以享受诗的语言艺术美感。确实我对语言艺术没太大的认识，所谓享受之，其实只是稍稍把着眼点放到语句的排放上去罢了。当你细心一看，你会看到一首诗可以超脱语言文法的束缚，带出美的效果。诗句，它不单止简练，不同的诗，更有可同的语言张力，一句句地把诗连结起来。它可以是诙谐的、可以是严肃的、可以是孤绝的，什么也可以，只要你看，只要你细心发掘。

当然，除此之外，我还会留意在诗里出现过的每一样物件或情景，我最后会开始思想用这样的物件或情景到底是不是有什么象征意义，假若被我发现了，我又会乐个半天。因为我和诗人，似乎又接近了距离。

怎样也好，读诗不是一件容易的事。又或者，因为我才疏学浅的关系，我其实还不懂怎么去读，只是借题发挥在此大造文章。不过我始终认为，读诗的方法不能单单就某首诗而论，最好还是把一套读诗的方法放到大小不同的诗上去实验，那才是最好的验证方法。

读诗，实在是很玄妙的事情，每读一首诗，我的想象力总会突然地丰富起来。也许，这就是我和诗结下不解之缘的理由吧。所以，也许我的读诗方法有我个人的偏颇，根本不是一个客观的共同方法。不过，也不妨试试我的方法呀，或许在你读的同时，你已在用你丰富的想象力去创作着另一首与别不同的诗来了。

或许，诗，每个人也有其独特的解读方法。

2002.1.9

手和耳

诗社招新的日子过了差不多一个月了，我的心还是久久不能安静。

作为学校唯一一个纯文学的团体，我们被编到了招募区的边缘；边缘的文学边缘的诗，实在是别有意味。看到其他的音乐学会、电脑学会有赞助，财雄势大，入会有折扣优惠有精美礼品送。我们诗社有的是什么，送的只是一本诗集和树上掉下来的枯叶。

那边的新同学一个一个地加入那些热门学会，我们诗社的冷清分外可怜，大概文人是要清高一点的吧？人家有大量的器材，我们是不能与其比较的。他们拿着扩音机大叫“加入我会”时，我们只能以友善的微笑期望吸引难得的过路人。别人能以流行歌曲、电脑印刷的精美海报作招徕，文学里面没有Twins、没有Eason，有的只是动人的诗句和我们一张人手画的壁报板。

那天中午，招募区响彻了音乐学会播放的rave音乐。我们没有招到一个新诗友。

这时一个小女孩拉着母亲的手走过来，指着我们海报说：“叶。”随即就要用手来摘我们上面的假叶。学长和学姐都有点紧张，毕竟都是我们用心设计的画报。她的母亲立刻拉开她说：“别乱碰人家的东西！”做一个打手板状，然后匆匆走开。

空气中强烈的鼓声作响，有歌手大喊:“嘿，你老豆索K……”我远远望着那个刚走过的女孩，用小小的双手奋力按着比手更小的耳朵，嚷着母亲，要快快离开那里……我的心停住，就是久久不能安静于这手和耳的动作。

这女孩的动作，到底意味着什么？是我们的单纯，还是世界的复杂。我想，她是在告诉我一点什么的。

不知道什么时候，那个女孩将会放开掩耳的手，走进Disco摇头摆脑大唱“索K”。

那个时候，大概再没有诗社，也不再需要美丽的诗句。

但愿，不会有那样一天。

2002.2.6

偏爱的背后

我讨厌小动物，然而对猫却情有独钟。猫的娇媚、慵懒和高贵，总能以女性的形象取悦我这种妄自尊大的男性。我敢肯定，我对猫是有种特殊的偏爱的。而这种偏爱，和上面所说的特质却绝无关系。

那是关于一段尘封于童年回忆中的故事。

小时候，夏天的家里总是很局促的。狭小的房子带来汗热，总使我不能在房间好好地休息。于是夜里常在厅间张开帆布床，打开木门睡，这样比较凉快。记忆中猫是在这样的夜到来的。深夜时分，我盖着毛巾被睡得正甜。不盖被子我是睡不着的，大概和安全感有关。而三只小猫咪也缺乏温暖，不知道以怎样的方式从铁门底钻进我家，再投入我的怀抱。我被三只小动物的压力弄醒，一种愤怒就油然而生。它们还在我的肚子上静静地睡着，很乖。不懂温柔的我却一气之下，一只一只地把它们投出窗外。我以自己的残忍，把好好的三只流浪猫投出窗外。

我家住五楼。

第二天醒来，我几乎忘掉了这件事，吃过早餐就上学去。天空是有点暗淡，路边看见两只流浪猫一拐一拐地在垃圾桶旁踱着，眼神沧桑。从它们的眼神，我仿佛看到了自己昨夜是怎样残暴地使劲把它们投出窗外。我记起了。

还有一只呢？时至今日，它还不知所踪。

我多么自私地听说，猫是有九条命的。

就从那夜起，我便对猫产生一种内疚的感觉。我要为自己曾经无视它的温柔而作出补偿。以后看到任何猫类，我会下意识地试图保护它们，也觉得它们比任何动物可爱。

别人大概不懂，恋爱过、吃过“回头草”的人，却会明白我的心情。

2002.3

我被骗啦

设计精美的书，常常使我不能自已地挥霍。我不是一个精明的购物者，更不是一个出色的读书人。你要我从内容挑选好的作品，我老实不懂。一来阅读的修为不高，二来我认为要批评一部作品首先自己要达到那个层次。于是看作品总从好处想，每一本书都能找出些情趣。看书，只能恭敬地听前辈们的推介。

想看书又不懂看内涵，唯有“以貌取人”。像我这种品味低又想多读几本书充撑场面的人，便只能着眼于包装。随便把内页翻翻，也不错呀，那就下决定买下来。有时因为一个好封面、一句好的广告语，甚至只是纸质好，都能引起我阅读的胃口。这个世界鉴赏家不多，多的是我这种忠于感觉的平凡人。

可是，有时候买了几本精美得像艺术品的书，在书店的时候明明还觉得好看极了，回到家中仔细看看，却又感到平庸得可怜，美丽的外表都是虚幻的假象，只好赞扬化妆师和设计师们匠心独运的技术，把最普通的货色打入上流。现实便是这样，好的书没有好封面，不好的书却有个醒目包装。我便这样，错失了好货色，常常找来“鸡肋”。说起来，书店里面可以翻阅书本，有时揩揩“书油”还可以嗅出个所以然。然而谈婚论嫁之事，选好了却不是说退货便退货。有些男女总能像书那样，把自己包装得美轮美奂。婚前婚后两个样，回到家才发现里面空洞无物。

那时候，要么你把这本失败之书丢到一边，继续在书海求索；要么硬吃着等运到直至承受不了。当然，书没有缺页，钱又不能退。更何况，现实是我们谈的是人不是书，那是有感情的动物，不是收藏知识的死物。书是可以享齐人之福的，更有古语云“书到用时方恨少”藉以刺激消费，而当今社会感情事普遍主张一对一的关系，万万不可与书作同一论。至于浪费了钞票浪费了时间浪费了自己一厢情愿的感情，我们就叹一句眼光不好、遇人不淑就好，不必再放在心上。换个角度想，所谓读书与谈情，本不应多计较功利，而更应乐于享受交往的过程。凡有相遇交往，收获总是有的，其实也谈不上被骗。

2002.3

不老的巨星

好几次因为看了谭咏麟的大球场演唱会而感动，即使只是 VCD，然而那种壮观的场面，还是一次又一次震慑我。看着全场爆满几万名歌迷为自己喝彩，每一首歌结束后那热烈的掌声，我能以怎样的心情去表达那种感动呢？他唱着 Don't Say Goodbye，几度感动失声。欢乐与泪水交织自己黄金时代的纪念。然后他沉默，举起麦克风，几万名热情的歌迷们包括年过半百的叔叔阿姨都以最真诚的呼喊、朗朗上口的歌词接续着未完的歌曲。“浪漫舞曲轻吹奏，今天告别他朝相亲，但是我心真的盼，天天唱聚身边有着你……”几万人一起唱同一首歌的壮观，声音从不同的角度反射交错，多么荡气回肠。

一个表演者会随潮浪起跌，有人穷一生之力只能在舞台上留下美丽的几秒钟，有人永远地闪亮着。谭咏麟是多么的幸福，一班忠实的粉丝不离不弃地拥护他，即使时代渐渐让他从浪头退下来。试问，谁能看着几万人一起唱自己的歌呢？他站在台上看到的，是怎样的景象？

在华人社会，谭咏麟、张国荣、罗文、徐小凤、梅艳芳、邓丽君等是上世纪 80 年代的集体记忆，他们是永远的超级巨星，永远在支持者心中充满活力和能量。和小凤姐一样，谭咏麟大概也是性格使然，仍然活跃在舞台上。他那首首动人的情歌，使他的辉煌永远地保留着、仍然重播着。听过《雾之恋》《爱在深秋》《一生中最爱》，你不能否定那些都是动人的歌曲。我其实不属于他们的时代，我的时代流行的是四大天王，然而美丽的歌声随时代流进我的耳中久久不能消散，每一个人都在重唱着他们年轻岁月中的金曲。父母学长们都把他们时代特有的东西流传下来，正如一些不老的传说。

因此谭咏麟这个名字，将永远地二十五岁。因为岁月都把美丽的歌曲保留着，所有人都在回味自己成长中最美好的时光。他的一切，将活在那个年代中每一个人的记忆中，永远地年轻。而那些同期的逝者、那些同期的巨星，连脸容都保留着最光辉的时刻，留下了传奇、也留下了遗憾。

2002.3

征婚启事

这天忽然想，在报纸登征婚启事会是怎样的心情呢？既然要沦落到登征婚启事，大概就不会有太多的长处，怎样想也不会是拥有美丽人生的人吧。不善辞令而找不到对象吗？那一看便知道是没情趣的家伙。

像我这种活跃的“后生仔”大概很难想象这种事情，可是要我想在启事中写些什么特长嘛，那也是值得考虑的。正如应征面试，你总得要想些自己叫座的本钱。假设我到了三十来岁，到底有些什么值得自豪的呢？大概没有什么钱是肯定的。三十多岁没有性经验，也许会被人说那话儿“有毛病”；有又准会被人说经常难忍寂寞寻花问柳。这个时代过了三十岁大概是个极其悲哀的年纪，不能成家立室事业有成，总会给人一些误解。过了这个年纪才想婚姻，若非事业薄有成就，肯定难以找到好货色。要么国内有很多等着走出内地的新娘，无车无楼无月入过万无英俊无高大无健硕甚至无甚头发的三十多岁男士们可以逐一选择。

请原谅我过于直接的表达方式，可是事实正是如此，社会上就是一个个地出现着这种可悲的现象。现在的女性，并不像以前般小鸟依人，几多事业女性亦能持家有道。你能看到，多少漂亮的女生走在大公司大企业里当大职位回家又能当好老婆。到有一天你发觉你身边的女人，车比你多房子比你大月收入比你丰厚更比你高的时候，请想想你的矮与秃头有没有比织发和增高丸更好的补救方法吧。才华和上进心，貌似就是一大良方！如果你连这些也没有，我想在征婚广告中什么也不要写好了，免得别人笑你寒酸。“性别男，喜好女，未婚。如此而已。”就这样吧。

2002.3

读漫画

中学时代我是个标准的漫画迷。我们那时看的是什么呢？少不了刘云杰充满时代感的《百分百感觉》《街头霸王》《天下》《中华英雄》，好像全部拍成电影了；日本的有《男儿当入樽》《龙珠》《Boy 圣子到》。女孩子的少女漫画则多得难以想象，她们总有看不完的言情小说和漫画陪着每一节无聊的课堂。对不起，我就是个反面教材式的坏学生，我真的没有鼓励大家上课看课外书，我只是反映事实。

从阅读的经验而言，除了画功太差过分暴力满本写满白字的垃圾漫画之外，我什么漫画都看。很喜欢以前日本大师级的作品，藤子不二雄的《叮当》（现在按藤子先生的遗愿全球统一以音译为“哆啦 A 梦”）、手冢治虫的《三眼小子》、高桥留美子的《相聚一刻》，还有北条司的《城市猎人》、小林诚的《我为猫狂》等，那么多大师与作品，就一本本地伴着我成长。

我从来不以自己喜欢漫画为耻，亦不觉得看漫画是什么下三流的事情。有些老师总认为看漫画的同学没出息，所谓玩物丧志，任何事沉迷都会出问题，在本质上我认为那和漫画无关。可是既然要看，最好还是有选择性地看、选些有质素的来看，年轻人容易沉迷情欲暴力超现实爱情琼瑶，这是不能否认的。要做一件事，要么不做，要么就做到最好。看漫画也一样，认真看的话，可以学他们的构图、看他们的构思、理解他们的故事。从中学到一点东西，我想是有所得益和启发的，总不下于教科书中能得到的收获。

难不成有天我们会出个有名的澳门漫画家，原因就是年幼时读过一本感人的漫画，继而决心向漫画方面发展。历史告诉我们，这完全是可能的。

2002.4

“看更”诗人

要出来找工作毕竟要为自己找点本钱，想来想去还是想不出自己有什么老本可吃。更可悲的是，不认识我的人不把我放眼里，认识我的以为我有点前途，认识但不太熟的人还叫我诗人！人看我好，我看人好。我自己知自己事，找工作最好的保证还是多张个漂亮的Certificate（证书），有证书有学位，才说得上优秀。这世界要么认证不认人，要么认靠山认背景直接录取，我敢这样说。我最可惜的就是从小不能把读书当一回事，总不能像朋友们一样勤奋好学。十六年读书生涯中给老师同学最大的印象就是“口水多过浪花”和“爱搞事”。小学初中高中分别就读不同的学校，每一间学校的老师都只留下很多我读书以外的回忆，不是好笑的东西就是坏事，总和好成绩没什么关系。有时想一想将来，就变得没有什么信心和把握了。

我唯一能发觉自己的优点便是随和，大概因着这点好歹也能找到工作，两餐应该不成问题。人总不能停下来什么也不干，以前报纸写很多大学生毕业后找不到工作常常流连台式茶座，我想我不会是其中一分子，我并不是那种高不成低不就的人，也讨厌做“量地官”。虽说职业无分贵贱，可是人们习惯往高处看。然而，命运有时要人等候。当时机未到，我们就得忍。即使做看更门卫也好呀，总之不要让自己停下来。停下来的话，人的意志便容易消沉。

“只要音乐还没有停下来，就继续跳下去呀。要跳舞，而且要跳到让所有人都佩服。”村上春树在《舞舞舞》里面是这样写的。看更诗人就看更诗人吧，把自己能够胜任的工作做好，不向命运低头，机会便一定会到来。

2002.4

诗妖与理性现实

身边写诗的朋友，常给别人神经质的感觉。写诗的人脑袋的确要有点毛病，毕竟那种语言的跳跃性，并不能用正常人的逻辑去构思。那往往会造成一种激烈涌动的混乱。不能否认，那无疑会影响正常的生活。诗人，特别在这个年代，总让人觉得主观、极端、难以理解。比起唐宋时期那种飘逸和洒脱，现代诗人给人的印象其实并不太好。

在我们这群“诗妖”当中，我算是比较正常。写诗之余，能以大量其他形式的创作来保持自己相对的理性和冷静。为什么写诗呢？我想是用来暗示吧，有些事不能好好表达，物与物之间本身又很难用形象的东西去表现，那就用诗，要用适合的语言环境。因此，被人说难懂也没办法，过于煽情无深度的句子，那不是诗，不过是分行的文字。诗人黄灿然说：“写文章使我逐渐剔除主观情绪……使我把自己磨炼成一位对自己还算清醒的诗人。”我对自己还算是相对清醒的。为了知道什么是诗，为了建立起自己品诗的审美眼光，我也很努力地读过一些学术著作，我也很努力把现实生活中的自己做好。

“诗妖”们太过狂野，处在现实环境中并不会有什么好处，只会徒然地增加自己的忧郁和孤独。活于一个理性社群，我们要读书、要工作，我们不得不先解决一些很现实性的问题。因此，得分清写诗中的自己和现实中的自己。写诗中的我可以尽情地疯狂，现实中的我却要把自己的事做好，尽可以做到让自己让别人都满意。只有这样，诗人的生命才可以长久。

我想，有时过于投入艺术化的生命，并不会带给人什么正面的讯息。

2002.4

好朋友的影响

感谢我高中认识的朋友，没有他们，便没有现在的我。我一向认为，朋友这东西本身是互助互利的。不是说通财呀，我说的是那种互相学习互相勉励的互利关系。

KK 是我高中的好朋友，同窗两年。我是因为他的介绍而开始迷上爵士乐。那时候对于自己的喜好极度迷惘，不知道什么才叫好听。KK 出现，为我播放一张张爵士乐唱片，从悠扬的乐声中，带我走进了那个跃动的爵士乐世界。喜欢 Bill Evans 的活泼、喜欢 Stan Getz 的“酷”、有 Louis Armstrong 的风趣、有 Nat King Cole 的浪漫。不单如此,KK 还鼓励我玩音乐，送我乐理书、送我经典的唱片，我们一起去听英国皇家交响乐团的演出，一起去欣赏管乐五重奏。这一切，直接影响了我的品位、爱好和鉴赏力，在迷惘的日子里找到知音和导航者，身心的发展就有了方向。

而我也相信，此期间我把 KK 的心解放了。他是个很有表演天分的人，只是因为学业成绩不好，做什么都没有信心。我便整天和他一起去演话剧、去朗诵、去唱歌，鼓励他要放开，别把得失放在心中，尽情地发挥自己。虽然成绩这回事谁都没有把握，至少我们做回了自己。几年后的今天，我觉得他变了，一天一天地变得有自信，吹起色士风的时候，也变得更有味道。我确信，在这种互相帮助的友谊带动下，我们彼此都在成长。

有时候，一个人要走怎样的路，总要有个人给自己一些指引和启发。正如我和 KK，我们彼此指引着对方。不只 KK，我想我身边的每一个朋友，对我的影响都很大，而我同时也会影响他们。老师希望我们不要误交损友，道理是很显而易见的，影响总是潜移默化，当事人并不能轻易察觉。

2002.4

谢师宴之夜

永远不会忘记高中毕业的谢师宴。我那一届是这样的，那晚每一个毕业班都要演出一个助庆节目。我和朋友 Kary 负责了这工作，之前一晚 Kary 来我家一起想剧本，准备演一场闹剧。凌晨四点，大功告成。

故事是关于一个失意青年因为欠债准备在天台自杀，正好有一被追捕的银行劫匪逃至，交谈下发现同为校友，大家因为中学时候不努力读书被学校赶出来，最后沦落到当时的境地。由于同校三分亲，两人决定合作，准备自杀的青年去当劫匪的人质帮他逃走，劫匪则分钱给青年还债。谁知行事时青年贪念起要独得赃款，他抢去劫匪手枪并反要劫匪做人质，可是青年在不以为意时又被劫匪捉住，纠缠中把钱丢出天台。这时警察来到，把两人拘捕。

那晚，我做的就是那个由忠变奸的失意青年，故事很多地方都做得很夸张，青年其实很怕死，本来想和劫匪一起跳楼便算，可是怎样都拿不出勇气。因为我们表情多，很难得地大家都留心看着我们的表演，跟着我们的故事笑、跟着我们沉思。那种满足感，只有在舞台上表演的我们才知道。一般情况下，大家在谢师宴都只顾吃不会太在意舞台上的一切，但那一刻每个人都在留意着我们。整个大礼堂几百人，包括侍应、老师、同学都看着我们。故事结束后，整个会场掌声雷动。这次的表演我认为是成功的，以这样一个表演结束我的高中生涯、为高中划上句号，是非常美满的。

不久，又有一班学弟学妹要毕业了。大概每个人的谢师宴感觉都不同，但无论如何，他们将永远不会忘记这个一生一次的晚上。这一夜，到毕业后随着年龄渐长，我们将会越来越明白当中的意义。

2002.4

享受生活

辛苦了整整一个星期了吧。朋友，来体会生活，享受一下嘛。常常有人说我挥霍，总是追求一种有品位的生活，以至钱包空空。没法子，性格如此。无论如何，就让我这个草根给大家推介一种资产阶级的休闲周末生活吧。

除非你喜欢中式上茶楼耍太极，否则就不要起得太早。周末起来躺在床上，感受一下窗外透进来的微暖阳光，那是周末的气息。开着电视机，听听电台，看看今天文化中心有什么表演节目、大会堂有什么电影上映。有展览便去看看展览。赏赏花、看看画。

下午无事做就去茶座坐坐，皇朝广场附近有一间法式的Coffee Shop，那里的牛角包一流。拿着一本小书，点一客牛角包，来一杯牛奶咖啡，一边听着La vie en Rose，一边看看书、看看杂志。Times的封面是谁；国家地理杂志介绍了什么；红酒要怎样喝、意大利菜馆有什么新菜色。在音乐声中过一个懒洋洋的下午。我们应该感谢爵士乐出现了Bossa Nova，一种悠然午后的气氛散发于这种音乐之中。如果你喜欢听Astrud Gilberto唱The Girl from Ipanema的话，你应该会明白我的意思。唱片当然要买呀，有品位的生活不能离开音乐，像古典、像爵士，闲来无事也要在家中播播嘛。

晚上看完艺术表演可以到酒吧休息下才回家，我当然推荐海边的 Jazz Club 玻璃屋。迎着海风的清凉，坐在海边露天的茶座上。大桥上的灯色微黄，天空偶尔有飞机飞过，无云的时候可以看看星星。点一小杯低度数的白酒。累了，就躺着。晚一点就回家，好好地睡一觉，醒来又是第二天。

这样的生活真好。是不是腐败得有点过分？

2002.4

一片空地

还记得《哆啦A梦》里面那片空地吗？就是那个中小学生互相争用的小球场、技安开演唱会的会堂、大雄他们开会的会议厅。那里什么都没有，有的只是几条够小孩爬进去的石管、几棵小树、一地杂草。但是那里装载着的，却是很多小孩子的童真，还有成年人的回忆。

我小时候也有一片空地，在家附近一个还没有动工的地盘。孩提时家里并不富裕，并没有太多玩具。而且那时候还没有兄弟姐妹，当家人外出工作后，在屋子里实在是无聊。于是，习惯了一班朋友在空地里聚集，带着自己玩具一起交换来把玩。那时在空地里玩游戏，何济公、捉迷藏，悄悄躲在石管里面，被发现了，又急忙跑到乱石堆中。如今长大了，石管已爬不进了。我很怀念那段日子，遇上雨后、有时整个夏天，空地积水中间会变成一个池塘，我们拿起小石片向池塘投去，看着小石片在水面一跳一跳，然后沉落水底。好胜的人会彼此计算着小石在水面跳跃的次数，当作一次比赛决个胜负。生气的时候会找来一块大石头，用力抛进水里，水花飞溅，附近的小朋友急忙逃去，然后大家哈哈大笑。大一点的会打羽毛球、踢足球；女孩子会跳绳，我气她们，她们总不让我这个男孩加入。男孩会捉蝌蚪、找草蜢，我老是打草惊蛇，只能捉到蜗牛和静止的甲虫。

那个时候，在北区的小朋友，都是这样一群一群地来到这空地上玩的。大家都很穷，父母都忙着工作，根本不可能有人照顾我们。于是我们童年很多的回忆，就离不开这块破烂的空地了。直到长大，有时还会梦到那里。

我们都知道，游戏的年纪已经过去了。

2002.4

来迟的感谢

我是有点东西还没有做的。首先我得感谢叶老对我等后辈的爱顾，第二要感谢华座编辑大人给予我机会，写了整整一个月的方块文章我终于记得自己没有做这两件事了。就算我后知后觉吧，只愿前辈们不要生我的气，以为我这小子无礼便好。特别是叶老师，我不知怎的常常因为自己的羞涩总把万分的感激都哽在了喉中，实是我的罪过。

礼多人不怪，礼是作为中国人的一种文化特质。人敬一分我回十丈，对长辈要尊敬，说话要稳妥庄重，这是礼。要在中国社会上生存，这些都是无可避免的。一种集体意识产生以后自然会根深蒂固。其实也并无不可，一个有礼貌处处极尽方圆的人事实真的可爱，感谢与赞美，我们都是多多益善的；吝啬自己真诚的感谢对自己其实并无好处，就留一个美好的印象给身边的人，山水有相逢，难保有一天我要请你帮个大忙。于是你会发现那些所谓有性格、有个性的狂妄之徒常常在社会上碰钉，得罪人多称呼人少目中无人，风光的时候把气焰放尽，落难的时候没有一个人可怜。有修养的人当然不会当面说你嚣张不可一世，可是到你跌低了，谁不会在背后暗暗称快说你不识抬举。

这些我都是知道的。请相信我，我是如假包换的好孩子并非狂妄之徒。怪只怪自己有时粗心大意就像执笔忘字，应该记起的记不起，应该感激的人怠慢了。别人给自己机会，珍惜之余亦不可忘本。不忘本，是礼。只愿这次没闯什么大祸，以笑遮丑还可瞒天过海当个反面教材：“请看官做事缜密方圆知书识礼。”

我这个来迟的感谢，不会来得太过突兀吧。

2002.5

电脑知识与基础问题

现在这个时势不懂电脑等同文盲。文盲亦有轻重之分，轻度者基本操作应用可以，但遇到问题则手忙脚乱，特别是中毒、尝试新软件、旧系统知识，更新能力低，反应有问题，电脑应用仅限于自家的电脑，除此之外的一概不会使用。严重者，则对电脑一窍不通，电脑中毒以为是真中毒、千年虫以为是真虫、开机先要念经作法，不知何谓窗口，更别说放大缩小剪下贴上云云。

长辈不懂电脑无可厚非，毕竟生活的是上一个年代。但我们是年轻人，这应该是与电脑世代并驾齐驱的，不懂电脑的话实在有点过分。严重的“电脑弱智者”应急起直追，至少简单的电脑操控要掌握，可以过一些有效率的时代生活。“轻度”者则应尽快与时代同步了，多留意电脑的更新变化，掌握一点系统基本知识，到电脑有事时便可自救。以新时代的人来说，这是最基本的。

那天去广州电脑城，见有对问题男女电脑坏了向电脑公司求救。其实问题简单极，不过是一些硬件的驱动程式遗失，只要重装便没问题了。可是服务员怎么解释他们都不明白，没法子只好为他们做一张急救磁碟，在 DOS 模式打几个指令便可以了。但他们只会 Windows 不会 DOS，于是问题男女唯有叫服务员一一把步骤记下来。DOS 在过去本来是最基本的电脑语言，现在视窗简便了，十来岁的人都没几个懂用。

现在读电脑其实亦有这个问题，很多人急功近利往往赶着开发新的软件赚快钱，少有人研究新系统，最基础东西越来越被忽略。再这样下去，只怕下层的建筑，快要摇摇欲坠。

2002.5

社会败类

在巴士上看过这样的情景，将要到站时母亲叫小小的儿子来到自己身边，准备一同下车。母亲推着一车货物，她没有叫儿子帮助，到站时儿子却主动走在母亲的后面把货物抬起。那个孩子我想只有七岁，身体瘦弱，穿着起毛头的旧背心短裤，皮肤黝黑，穿着一对小小的凉鞋。看着他那个短发，我忽然幻想着十多年后他变成长发的伙子的模样。那时候，他还会帮母亲的忙吗？

长不长发谁都说不上，不过时下可见的真正“衰仔”却到处都是。那些衰仔，并不是母亲口中半带笑说的“衰仔”。何谓衰仔？丰子恺有一幅画正好把“衰仔”画得入形入格。画中年轻人穿着一身“踢死兔”，手上拿着手杖走在前头，挺胸收腹眼朝上，趾高气扬很是神气。老年人则穿着补过的素服，两鬓花白，驼背向天眼朝下，两手抱着大小行李赶在后头。如果那个老人是你父亲，你宁肯要他这样服侍你吗？我做不出来。

这便是我说的“衰仔”，自以为读过几年书，看不起父母，认为父母低层次没文化，把一切花在自身的心血视为理所当然，不知感激还恶言相向，指使父母做东做西。父母笑着叫“衰仔”是出于爱出于赞美，我骂的“衰仔”是出于责备和难过。社会上多一个“衰仔”，就少一对幸福的父母。我并不是说养孩子一定需要什么回报，但至少作为人子的应该给予父母尊重，那是最基本的礼教。即使父母读的书少都知道何谓孝义，反而那些所谓的读书人、识字分子却没几个懂得、做到。

2002.5

乱谈流行服饰

现在路上流行的打扮大致可以分出下列几种。一，阔袍大袖 Hip-Hop 造型衬上古怪的生化 Gel 头；二，黑衫黑裤黑皮鞋古惑仔文身加金毛金链；三，恤衫牛仔裤配清爽短发。

阔袍大袖是近几年流行的打扮，应该感谢黑人街头穿着，最初是因家穷才穿不合身的衣服，后来个个都玩 oversize，排骨仔穿加大码叫作有型有款。后来流行歌手也来 Hip-Hop 一番，侧头歪嘴插裤袋，行路八字脚大热天时戴冷帽。潮流这回事便这样形成了。黑衫黑裤打扮这部分人我想已经很多年了，《英雄本色》和《古惑仔》一二三四五六七是他们最爱的电影，Mark 哥和浩南被他们奉以为神，“跶朵”“爆樽”是常用语，称兄道弟亦在所难免：“大佬，今晚开片。”

我们要以怎样的心情感激亲爱的娱乐媒体为我们制造的潮流呢？或者电影和明星他们没有错，怪只怪我们年轻人好的不学坏的学足。毕竟一号和二号打扮的人也不过一小部分，我们还有三号打扮的年轻人。记得以前有一个品牌广告，不以有型有款有卖点，一个个年轻人穿着合身的格子恤衫石磨蓝牛仔裤，清新得像草原，呼吸中能闻得到春泥的气息。字幕中显现“朴素、自然、简单”，返璞归真的表现方式，至少我觉得很感动。服饰能体现一代人的观念与态度，怎么样的人穿怎么样的衣服，打扮的取向，某程度上是反映你对事物的价值观的。我并不善于打扮，只要穿得舒服自然大方得体便可以，并没有太大要求。人人讲求中庸，太过出众的衣服其实于自己也并无好处，警察叔叔查身份证，就是喜欢那些“虽无过犯，但面目可憎”的人。小心。

2002.5

天堂与地狱

近来听过一种很有趣的理论:“这个世界只有天堂，没有地狱。”此话何解呢？友人解释说，人为什么会害怕死亡呢，因为死了便什么都没有了，死是很痛苦的。那么天堂和地狱都是死后的事，反正我们都死了，还怕什么痛。天堂和地狱之间的分别如果是幸福和悲伤的话，如果我告诉你，你在滚油泡一万年都不会死去的，你还要悲伤什么？皮肤的感觉有惯性，都烫我那么多日子了，我还会怕痛吗？天堂再幸福，习惯后也不过平平无奇。快乐与痛苦是相对的，失去了其中一方便两者的意思都没有了，黑格尔的矛盾统一如是说。照这样看，天堂和地狱其实也不外如是。

听了这个消息后我很高兴，因为十居其九我是要下地狱的。我这种小眼睛小耳朵有仇必报的小人，知道所有人死后都会因为平淡的生活而失去感觉，没有痛苦也没有快乐，我当然要感谢天父对世人的公平。天堂上的人一定会常常挂念我，因为我使他们生气、又使他们感到人生的快乐。没有我，人生一定失色不少。难怪纪晓岚跟和珅斗了一辈子，闲来还可共进晚餐。

现在你想想，平日你所认为的痛苦和悲伤是不是变得很有意义呢？没有了他们，所有的幸福便毫无意义了。歌词也有云："感谢伤害我的人，带来保护我的人。"凡事看开一点，天堂和地狱便可任我纵横。积极面对人生，又何必烧炭跳楼食砒霜。终日想着自己到底死后上天堂还是下地狱，来得及想转眼一生便过去了。但丁是傻瓜，还要硬想个炼狱出来。照我说，管他什么天堂地狱，珍惜自己美丽的人生便够了。

2002.5

“韩流”与娱乐片

报告，“韩流”非常厉害现正加剧。看过《我的野蛮女友》，实在无话可说，真的非常好。以纯娱乐片而言，故事人物及摄制各方面完全毫不马虎幼稚，有灵感有新意，而且每有伏笔于情节之中，难怪近年韩片如此叫座。故事说了出来没意思，可以的话就由读者自己欣赏，不过值得提议的是要留意细节。

喜欢《我的野蛮女友》并不由于有戇男“索”女童话狂想曲式故事，或许更多是由于这电影很有文学作品的风范。我对于电影与文字的喜好很极端，要么就是极其“九唔搭八”的王晶出品，要么严肃地为我探讨些哲学问题。《野蛮女友》是什么？喜剧？爱情片？我的结论是混合科幻情节的轻松爱情自白书，笑中有泪。一定要留意细节，看看女主角前男友是怎么死的，看看是否出现过飞碟，看看相片中五胞胎在什么地方出现，老阿伯曾经在什么地方露过面，蟾蜍又是谁放的。影片能与欣赏者互动的话，多少能添上一些故事以外的乐趣，投入故事当中一同经历那短短的两个小时，这样才算值回票价。

娱乐片有几多能做到这样呢？更多的是一些肤浅到不用经大脑便能笑出来的无聊笑料、无厘头对答加低级趣味。并不是说那些喜剧不好，观众同样可以得到快感。但是，也不要每套电影都用这样同一个模式嘛。娱乐性应该不是千篇一律的吧，我想总能找到别的方法去引起观众的共鸣和兴趣的。商业电影就是要快，粗制滥造不经大脑出产不经大脑的作品。长此下去，观众的脑内有的只是文化垃圾，很快连一般正常的思考也没有了。

2002.5

城市废话

很多年前杜德伟和林敏聪有个搞笑节目叫做《点解咁好笑》。一向对这些节目特别有好感，大概因为我无厘头兼非常无聊的关系。其中“城市废话”这部分使我印象极其深刻。遇到朋友寒暄几句，结尾会有：“得闲饮茶”“迟啲 call 我”。说了“得闲饮茶”是不是真的会相约上茶楼？“迟啲 call 我”吗，我连你电话号码都没有，call“你个头”！这有没有地方值得反思的呢？

成年人的社会里就是诚意不足客套有余，什么都要讲礼貌讲表面功夫。在街见了熟人要聊上两句才走，明明跟你没什么话要说，一年见不了半次似熟又不太熟，只知其名都要问你：“近来好吗？”“在哪里发财？”我想用不着那样吧，见了面说句“Hi”，有事忙说句“Bye”，总比没话找话说好吧。那些正宗城市废话，讲出来连半点建设都没有。老妈常常说，人与人之间难免有相逢之日，多聊上几句混熟一点日后多条路走。那不就是说，我和你聊过，将来有事你要照我，要“俾面”我。大家怎么说都是朋友，你不帮我说不过去。是不是这样？

做朋友都那么多机心，生活一定很沉重。我宁许日后少一条出路，也想多交一个知己。我想交朋友是不求回报的，大家能走在一起就是缘分，你有难，即使你不开口我都仗义相助。

要开口的，自然是不太愿意的要求。如果你看到我这篇文章，请抚心自问你有多少朋友关系并非建立在利益之上的，请问你有多少真朋友你没有存心或间接想拉点利益的。如果你发觉自己的真朋友少得可怜，我想，你一定经常制造城市废话，污染这个社会。

2002.5

我不以为

恋爱中的人总是以心灵相通、互有默契为乐。女孩子总想男孩子不言自明，傻乎乎的男孩子准会使女孩子生气，因为你连自己惹人生气都不知道。天气热买点东西喝，你一心想给爱侣凉透心的可乐，谁知送到她手里："激气，我嬲你呀。"女孩明明今天想喝柠檬茶，你不知道，你错。你不能和她心灵相通。男孩子也希望女孩子体谅自己工作繁忙，心里以为好的女朋友应该能够明白的，于是开 OT 时懒于打电话报告，心想她应该明白我正在工作吧。那就恭喜了，当来电显示你宝贝的号码时，准备受死吧：

"为什么不打电话给我？"

"今晚公司开 OT 呀。"

"打一个电话很花你时间吗？"

"我以为你想得到呀。我只是在工作呀。"

"哼……"暴力式挂线。

要花多少时间来赔罪道歉发誓掌嘴呢？那就因人而异了。生活中就是太多想当然、我以为的事情，以至很多不必要的悲剧发生。《围城》中方鸿渐和唐晓芙吵架，唐晓芙后来打电话给方，方却以为是那个烦人晓芙表姐的来电，叫人代说以后不想听她的电话，就这样一段缘分便没了。可惜吗？人生存在的巧合、偶然都是难以预料的。如果把一切的事情都作“我以为”论的话，那未免过于完美了。

不打一些沉重的比喻了。反正买东西前问一句“亲爱的，你想喝点什么，我都为你买”，加班打个电话“我晚一点回来”，报个平安免得担心。可能你以为别人知道的事，别人不知道。可能你以为别人不知道的事人家早就心里有数。人生就是这样。朋友，就当别人什么都不知道就算了，多说一句，少一次误会。

2002.5

情场老手的劝告

古罗马诗人奥维德在他的著作《爱经》中说："可是你切莫轻信那欺人的灯光：为要评断美人，夜和酒都是不好的评判者。……黑夜抹杀了许多污点又隐藏了许多缺陷；在那个时候，任何女人都似乎是美丽的……"

现在很多人就是喜欢流连夜店，为的就是找寻伴侣。能在夜店中找到的女性是怎样的货色呢？大家心中有数。什么地方出产什么样的人，那是很明显的。奥维德这个情场老手年轻的时候便已明白这点，因此写本《爱经》指导所有处于"求恋期"的人。当然罗马人的野蛮和粗鲁是人所皆知的，《爱经》里面并不能教你什么罗曼蒂克的方法，说得难听一点，更多的是教你如何去勾引一个女人。的确有伤风化。然而上面那段引文字却说得很有道理，你是不可能在酒吧找到一个温纯文静贤良淑德的女人，因为酒吧和Disco是给人去狂欢的，一个爱狂欢的女孩子有足够的理由让你提出很多质疑，要么她则是双重性格。

奥维德在后面说："别人评断宝石和红绫是在日间的，所以评断人体的曲线和容貌也须在日间进行。"喜欢泡妞的要奉奥氏为至圣先师了。他说，要看清一件事物还是在日间比较好，正如好女孩一般都不会拥有夜生活一样，夜给人的是颓废和疯狂。几多丑陋的灵魂皆可在黑夜的迷幻中美化。因此，想要找个好女孩做自己的伴侣，还请少泡夜店吧，那里没有你想要的。夜店只能使你融入那个群体，再不能受阳光下的少女青睐，到时你准会后悔。奥维德为什么被奉为情场杀手？就因为他能做到你不能做到。既然如此，大家还是做个“纯纯男子汉”吧。

2002.5

窃窃私语

我非常讨厌窃窃私语，特别当别人在我眼前细声讲大声笑的时候，心里总会觉得很不舒服。大概我是个多疑自卑小心眼，我总觉得别人在谈论自己，也害怕别人谈论自己。我想，或者他们正在说我的坏话，因此才不让我听见。又可能那些话万万不能让我听见，我听了一定坏他们大事。总之，各种各样的可能我都想过，就是不明白为什么他们要在我面前小声讲东讲西。

最大的可能，当然是他们并不是在谈论我，只是我自己神经质。他们的私语大概是说别人的是非，未免使人觉得自己小家八卦讲是讲非而不好大声道出。他们或她们就是不知道，我已经这样觉得了。讲是非就请找个无人之地大声讲个够，在别人面前装模作样只会让人觉得见不得光。有什么事非要当时私语一番不可的呢？一不能被人听见，二不能不立刻讲，是快马密函乎？

大家不认识的可以作罢，当我过分挑剔。如果是朋友则说不过去。有话对他说而不对我说，那不就意味着你不把我当朋友又或是他比我与你深交吗？这或多或少会使人感到失望和沮丧。我当然不好意思问："朋友，你们在谈论些什么呢？"我是个知情识趣的人，你不想我知道便算了，我宁愿自己猜猜度度，玩玩心理游戏。自己当然会难受呀，我也会问自己，为什么别人不把自己当作知己，有事的时候会向我诉说、与我分享。

人与人之间的相处是一门很艰深的学问，或者我一直都表现得不太好吧。至于说我的相处原则很简单，但求彼此真诚相待，说话大大方方那便够了。如果你对我有意见，不妨直言。但请不要在我面前窃窃私语让我想东想西，这样至少可免却我一些伤心与难过。感激。

2002.6

回忆中学午间

中学时代有时会找些借口中午不回家吃饭，为的只是留在学校。而留在学校最高兴的便是一班同学一起聊天，这感觉非常奇妙。下雨天大家相约中午不回家吃饭，首先一起到学校附近的餐厅吃午饭，在快餐店一起看电视、谈天说地。遇着有测验考试大家会一起温习、研究。吃过饭后回到学校，勤奋的同学会做早上的作业，预习一下下午的课。不下雨的话男同学会在操场打球，打到汗流浃背，女同学无聊的话会坐在场边看着同班同学场上的雄姿，拍拍手掌也好，替男同学买瓶解渴饮料，这也相当有乐趣。遇着老师在校内，会找几个要好的老师聊以闲谈，分享自己的生活，发表自己的意见。

曾经有段时间会在中午写写文章，一个人静静地在课室里面拿着原稿纸不停地写。遇到有同学在，大家一同讨论文学问题，说说近来看过什么书，谁的作品好，谁的作品不好。老师给的大作文题目多么老套……如果我没有记错，是这段时候我真正爱上文学的。

沟通可以使一个人成长，这是我自己经验的结果，如果没有中学时代午间和黄昏的畅谈，一段沉默而寂寞的岁月我将什么也得不到。现在我得到什么呢？虽然没有什么值得骄傲的事情发生，至少我赢得了同学间的友谊，得到了师长对我的信任。即使我常常惹人生气，但我相信他们从来没有讨厌我。

还记得那一年大家为一年一度的壁报比赛由中午一直赶工到晚上，我班的同学全都留在课室里面帮助，终于在 501 室共同完成了那件满意的作品。这种美丽的回忆，我想每一个中学同学都不会忘记的。

2002.6

命运与心理质素

我又再一次失望了。为什么湖人队总能反败为胜呢？NBA西岸决赛我每场都有留意，湖人和国王每场都你一球我一球斗得难分难解，可惜七局四胜的比赛中，最后一场国王主场加时后还是输掉了。有人说，湖人队一世命好，第四场明明是要输的又给荷利致命一击反胜。明明有一球三分球超时投射，球证又判了有效。可是赢了便是赢了，国王只有提早回家放暑假的份儿。

成王败寇在竞争中便是无可避免的残酷现实。除了本身要有实力外或多或少需要一些运气。运气是什么？是命运的安排？那命运又操纵在谁的手上？为什么非要你赢我败或是你负我胜？生命就是有太多不能理解的事情，它们一次又一次地寻访我们，以至不断地失望、惊喜、快乐、悲伤。运气这回事并不是掌握在别人手上的，运气是一种创造。以NBA西岸决赛为例，湖人的运气并不是一种侥幸，那是由于湖人每个球员心理质素都极好，临危受命时人人都毫不怯场。既然无所畏惧，那每一球的投射自然更有信心，往往便能创造奇迹。

第四场最后八秒湖人落后两分，如果输掉这场比赛在总场数便会落后1比3，完场前一点五秒，荷利在三分线外接过传球并立刻起手投射清脆入篮。赛后传媒问荷利当时的心情，他轻松地说："我并没有考虑太多，反正球来到我便起手，我只是尽我的责任。"可以毫无负担地投射自然得心应手。而国王的球员心理质素并不是不好，只是相对比湖人差罢了。在决胜场加时中，帝王队便屡因紧张错失了很多关键的投射。可见心理质素的重要。

现在只能寄望下季国王的球员会成长起来，把运气带到自己的队中吧。

2002.6

闷

不要在我面前喊闷，我会生气的。我并不认为一个学生，甚至一个人会无事可做。在人前叫道：“唉，我好闷呀。”你要我给你什么呢？

叫闷的人其实并不是无事可做，更多的是有事不想做。叫闷的人，十居其九不是闷棍而是懒鬼。同学之间叫闷的人通常明天有三科测验、五门功课待交、论文资料也差不多时候搜集。可是他全都不想做，最想是在朋友面前闷闷闷地乱叫，想找点娱乐轻松一下。人便是这样，想找点容易的日子过过，大部分人是好逸恶劳的，于是正经事可免则免，来给我点不必用脑好玩刺激有趣的游戏，不要提起手头上那些劳什子枯燥无味的工作。叫闷暗示你正过着一个无聊的日子，你既没有目标也没有方向，见一天过一天，字典里没有积极这个字，不知道每天的意义是什么，不闷才怪。

我并不是一个优秀勤劳好成绩的积极学生，但我从来不会叫闷。我自觉每一天都很充实，我热爱忙碌。或者我也是懒人的关系，我总把事情的进度调得很慢，使我每天都可以朝着自己的目标下点功夫。我能在学习中找到点乐趣，使每天可以在别人叫闷的时候做点事情、学点东西。有时我会觉得，就是读书已经不会闷了，它就像一个 game，正有很多难关要我们通过，正等待我们的挑战。那又何闷之有？

同学们，就请不要逃避，别把时间浪费在喊闷上去了。在喊闷之前，先想想有没有什么正经事情未做或不想做，先完成它吧。真的把事情做完，可以看戏看书旅行写文章，那些时间便随你享用了。人生的时间有限，别只顾在无聊地喊，行动吧。

2002.6

我的小学同学

小学有个叫 John Wong 的同学做艺术品做得很出色，记得有次大家要交一份圣诞装饰，阿 John 手工精细，完美无瑕地将一张粘石油气炉的锡纸变成了天使头上的光环，再挂上很多装饰，看不到粘贴的痕迹。特别是那些装饰品，我想他是下了很多苦功的。当时是四年级。看过他的手工（老实说，我并不认为小学生的艺术品就一定叫手工）的人，一定会有印象。而因为那次我的作品也挂在班房，所以记得特别清楚。我那个嘛，完全是“搵笨”的作品，因为我不过是将上一次的手工作业（一些彩色的方体和球体）绝无修饰地放在新的功课上。老师说这是聪明的方法，够古惑，没人想到的你想到，有创意所以“贴堂”——我想是老师厚爱了。

我这辈子就是运气好。可是 John 不同，John 在艺术上是很有天分的，可是小学的功课其实很繁忙（你看小学生背的书包有多重便知道），他没有时间。学校没培养、家里没支持，他的天分被埋没，然而又对读书没兴趣，留班、堕落、做坏事，一个很有前途的少年（美术老师曾经公开赞过他的），最后被学校赶了出去。后来的事我不知道了，可是初中高中同样地看到这样的人，因为读书不好便什么都没有了。我当然要为他们难过呀，我相当肯定他们在某些领域上的才华，他们是会有成就的。可是就因为学业，他们不能像一般的学生那样完成使命。

我对于教育制度没意见，人毕竟要在艰苦中成长。只可以说，或者艺术家都要经过比常人更刻苦的磨练，才能创造出惊世的作品吧。我相信，即使命运再怎样作弄人，我们还是要坚持自己的信念的。

2002.6

撞柱

足球场上最痛苦莫过于射球撞柱，正如篮球在篮圈转几个圈后溜出，像得到点什么其实什么也没有。如果只得正反两面，我想人生是没什么痛苦的。很可惜，除了“大”和“小”外，还有围骰通杀。网球乒乓球会粘网改变方向，扎好马准备致命一击也没用。有太多意外，会无时无刻地出现。

那么撞柱能给予我们什么意义呢？是意味着我们运气不好，还是一切早是命运安排？就好像她很爱你，可是基于一些苦衷，她不能和你一起；就像父母很爱你，可是你我命格相克，所以不能对你好。反正结果就是负面的，为什么还要加一句“但我是爱你的”呢？这句话，变得一点意义都没有，除了将责任推给命运，使无情者变得好过一点之外，当事人的结局还是照旧。

“撞柱”是一个多么好的借口，可以把所有一切都以命运解释，可以幻想一个一个的如果。失败者能为自己的失败寻找一个又一个的借口：“如果再射近一点，就可以零的突破”、“连运气都输掉了，照道理我们的实力是可以……”一大堆废话可以使自己好过一点，既不承认对手的实力也不否定自己的不足，多好，又多可悲。

撞柱不是运气，我一向认为人定胜天，如果把每一次的意外以命运解释，人是不可能进步的。我宁愿埋怨自己能力不足技术不够回家好好苦练，也不要为自己找一个舒适安稳的借口。试问又有什么意思呢？输还是照旧输了，如果人只懂蓦然回首不向前望的话，文明古国还是照旧地“古”下去，所有富民强国的预计，最后只像投注站满地的废纸，等待垃圾车的到来。

2002.6

逃课，看世界杯

这是一个很古怪的想法，很多同学看世界杯而不上课，理由竟然是:“世界杯四年一次呀，不能错过。”于是我们可以看到任何放置了电视机的地方（饭堂、餐厅、文娱室、酒吧等等），都坐满了热情的球迷。课堂出席人数大家可想而知。其实亦无它，不过逃课而已，即使没有世界杯，我们依然有各种不同的理由离开课堂。你或许会觉得上面那个理由好像很充分，不过仔细想想，逃课看世杯的人其实犯了个严重的逻辑错误。

第一，世界杯四年一次，今届看不够还有下届，这是无论如何（照常理）也会举行的。可是一个人一生可以上几多次大学呢？到大家走进了社会，我们还有时间走到大学去听课吗？到时候，看世界杯容易还是上大学容易呢？什么更值得珍惜就不用我说了。

第二，现场直播的赛事是好看，这不能否认。就因为Live的感觉更具真实感。但世界杯除了Live还有重播和精华片段。又来看看可一不可再的课堂吧，每一堂课，没有重播，更没有精华片段，老师不会因为你的缺席而重讲。虽然，里面没有球星，没有精彩入球，可是其重要性却同样不容忽视。珍惜自己学习机会的人，是知道如何取舍的。

我常常觉得，执着于一件事情，疯狂地沉迷于一些东西是很可笑的。玩物丧志，这并不单就足球而言。对于人生、爱情、学业也是如此。或者，不要为自己的逃课找那么多美丽的借口了，倒不如直接地说，世界杯比上课爽多了，我要看世界杯去。至于去看世界杯能让你得到什么呢？这个你自己最清楚。

同学们，想事情，还是想得长远一点好。

2002.6

讲演时间

当代中国课的论文做完，老师希望同学就自己的论文做一次演讲。每人大约可以有十分钟的时间，但名额只有三个。我知道大家都很想得到这个讲演的机会的，其原因并不是想为自己的论点作一些补充解释或完善，都是看在分数分上而已。而对于这次演讲，大家的想法也各不相同。有的人口里说不想心中却想得要命恨不得立刻就把分抢过来。多么有趣的字眼，抢分有如抢滩登陆。有的人则确实不想，因为老实没有口才不懂说话无谓出丑。余下的大部分就是像我这种有机会就上没机会就算的人。

而班里那个唯一愿意自动请缨的同学，使我很感动。在一个你推我挡故作礼让的群体里，要挺身而出是很需要一点勇气和自信的。你得承受那些多言者的非议，流言总为你带来博出位、跟别人争分的评价。另外，请缨出场也得表现理想，否则又有人会说你无料，那种嘲笑会更难以忍受。你也很难对自己作交代，毕竟演讲与否是你自己的决定。当然，我没有嘲笑自动请缨者，亦不可能去打击别人的真心。我知道，她只单纯地想为自己的学业做点事情而已，比起那些站在一旁暗笑别人的多言者，她来得真心很多。

我想，一个愿意自觉在同学面前演讲的同学，都会有自信和准备充分的，大概这样，无论谁也不会质疑她的能力。相反，真的做得不好，站得高，跌得重。为什么我不自动请缨上台？我就是那种受不了别人闲言闲语的人，要知道，在任何圈子里面，表现活跃的人，都会被冠以卖弄的名衔。经验告诉我，还是做沉默的大多数好。

2002.6

成就感和兴趣

成就感这回事对我一生可说是影响极大。大家自然会想到，写作给予我很大的成就感吧。的确如此。可是，对于别人说我对写作有兴趣，有时我会不知如何反应是好。我扪心自问，我是不是真的对写作有兴趣呢？好像又不是。

真正投入写作是高中二年级开始的，本来，我一向只是爱在书本上乱画，爱在懒做笔记在纸上写些无聊的文字。只因为一次，写作文时得到老师的赞美，就因着老师说我写得好这句话（这样甜丝丝的感觉实在太奇妙了），我抱着极大的希望与冲动去多写两篇能让老师称道的东西。就这样，人人都以为我对写作有兴趣有天分。就这样，连我都以为自己对写作有兴趣。人就是这样，自己的形象往往都是别人赋予的。我其实不过想取悦一下身边的人而已。

老师的一句话，有时足够改变一个学生的一生。就像我这种终日无所事事的三流学生，因为老师的启发与鼓励，现在竟然有胆在这里大谈个人意见。谁又会想到，一个初中作文试过不合格的人，最后竟然去读中文系，竟然视写作为自己生命中的一部分呢？应当感激给予我赞美与信任的老师，没有他们那一句，便没有了我的重生。我是个很容易气馁的人，如果没有别人的支持和鼓励我是很容易放弃的。多得这些年来，家人老师和身边的朋友都给予我信心、希望和信任。不单只是写作，他们把我的人生紧紧地拥抱着爱护着。

本来我这个人就没有什么爱好，成就感却为我带来了新生，感谢命运主宰让我与写作相遇。这一个身边人为我建立的兴趣，改变了我。

2002.6

人生的思考

看张学友和梅艳芳的电影《男人四十》，深受岸西的剧本触动。本来以为是一套闷戏，看完才知道对白意深、故事精妙、叙事手法有新鲜感。在主流电影过于单调肤浅的情况下，有这样的好作品出现，实在叫人惊喜。

一个中年男人在感情上的诱惑、婚姻的乏味与年轻时的阴影，这是张学友这个四十岁中文教师的烦恼。从中带出来的，是现代年轻人的价值与心态，暗示着无知与年少轻狂在将来的恶果，里面有师生恋、放纵、自私、激情。我有时觉得，《男人四十》这部电影就好像一个蓝图一样，把几种处于迷惘的年龄或人坦露在我们面前。其实，很多人（包括我自己在内）还是不明白，存活于世上的意义是什么呢？我们应该常常自我反省，还是义无反顾地做着自己喜欢的事情呢？

或者，有太多现实的事情放在我们的眼前。他们不断地交错对换，本来正方的东西，无缘无故会走到了反方；本来快乐的东西，一转眼可以悲哀得无可救药。唯一确定的只是情感不断地变动，很多东西，过去了便消失了。就正如我看了这部电影，只能记录着自己的感觉，只能知道发生过什么事，但对于最初那种激动似乎模糊得看不清，就正如主角对于过去的那些仇恨、记忆渐渐地老去、旧人渐渐地衰老，终有一天，什么意义都没有。

《男人四十》使用了暗示——长江建坝，再不去看，那些东西便消失了；纪录片是别人留给自己的东西，而人要找寻的，是自己的东西，是亲身的体验。人生是什么或者还不清楚，但至少我们认为那是一个体验的过程。人生的使命，便是要把它努力地完成。

2002.7

爵士乐和书本

如果可以的话，开一家爵士乐酒吧或者图书茶座便好了。这至少可以调节城市人那些空洞的生活。我当然明白，要大家靠近艺术、靠近文化生活并不是一件易事。你看文化中心这么多好节目，而澳门人第一件事想到的不是节目的价值本身，而是问你“有没有免费票”。我们便知道爵士乐酒吧和图书茶座离我们很远。

这个世界总需要一些志愿者做先锋的，如果有能力，我先做又何妨呢？离开那些烟酒之地靠近平和而健康的生活，找三五知己聊着自己喜欢的事情，听听音乐、喝喝咖啡，拿本自己喜欢的书无聊时翻翻，喜欢便说几句、不喜欢大家想着各自的事情——不用胡扯些什么。人人去Bar只为“劈”酒喝到昏醉喝到忘掉醒时一切，大家都忘记了音乐、忘记了宁静、选择了媚俗。或者如果有一间清新的酒吧出现的话，这个城市会多一个选择。

至于图书茶座呢，那些走贵族路线的人自然不会明白，这个城市还有很多人买不起书的，大家都为现实而奔波，却没有想到那些想读书而无书可读、想买本心爱的书而没钱的少年。图书茶座欢迎那些爱书的朋友，我所喜欢的东西，愿意和有识之士分享。送书给一个爱书的人、懂书的人，是自己的福气。

或者就因为你送的一本书，可以给予别人一个将来、可以带来别人的一些希望。

这个世界是需要这样的地方的，就如地球上有红十字会、有救世军。我们每天的生活到底为了什么呢？或者，如果澳门能有这样清新的茶座，这个城市会培养出多几个健康的城市人，在茫茫人海之中会思考生存、会感觉生命。

2002.7

服务态度和食店

去那些知名的餐厅吃东西，以前真的很不愿意。那些店子总是一副爱理不理的样子。无它，他们都不愁无客，你喜欢的便来，不喜欢来便算，后面还有人排队等着。几年前的服务态度，就是这个样子，写错了单后火气比客人还要恶，所有责任客人负责，自己至上。

我那时候很怀疑，为什么有名的餐厅会聘请这样的员工“倒自己米”。大概老臣子由店子没出名之时就开始出力，有功有劳。或者当年还服务一流，招呼周到。可是有些人一朝得意总是如此，有风驶尽，三百六十度大变身。这些食店就像打江山时的领袖和得到江山后的皇帝，人心自古易变。

看来我是与那些名店无缘的，总爱去那些家庭式经营的店子里做客。一有家庭温暖，闲来可以和老板聊上两句；二来味道绝不逊色，如果得到邻埠某大食家一赞，保证客似云来。当然，这种店子是没有那种野心和希望的，不过想挣两口饭，交几个朋友。好的东西一传十十传百，最后还是会引起注意的。借权威之口登上大雅之堂，有时未必名副其实，反而人人都赞的、你亲身体验过的，才有真材实料。

时代不同了，很多东西都需要包装和推销。家庭式店子自然不能大富，但胜在能得到我这种人的好感。名店有推销、多介绍，自然好赚，但服务不好亦等同赶客。饮食这行饭是服务性行业，当然服务为先，大家都知道顾客至上，客人也不过想吃得开心而已。澳门是一个旅游城市，我想如果可以的话，那些饮食杂志最好在介绍食物之余也为食市评评服务分数，好让注重服务态度的客人们，知道如何取舍那些名牌食店。

2002.7

桑巴足球与希望

巴西队拿了世界杯冠军，我这个超级巴西球迷高兴得很。巴西队没有帅哥球星，有的是一班貌似野人异形的“人间极品”，突眼龅牙与娃娃头大概吸引不了那些寻求有型异性的女球迷，但凌厉的脚法、到位的传球却多年来使我着迷。看着一班热情的巴西球迷载歌载舞，看着巴西球员入球后桑巴脚步的演出，朗拿甸奴的假身、丹尼逊的插花盘球，桑巴足球是一种艺术、是一种文化。

记得前一届世界杯，白必图的“抱仔”动作成为了当年的印记；今年（上届就不要提了，记忆中只有一场巴西球迷不愿提起的决赛）出现了四个土耳其后防追着丹尼逊而不能把球弄到手的场面，“桑巴足球”“地下足球”与超级脚法成了这届世杯的新名词。巴西为足球创造了一种独特的风格，当运动不是match（比赛）而是像game（游戏）一样表现在我们眼前，球场上十一个人都乐在其中互争辉映大玩脚法，后防从不大脚解围，看卡路士在后场头顶脚挑心口控定才巧妙地斩出险球，球迷抹一抹冷汗之余又要赞叹巴西球员的纯熟技巧。

看着这些，我不禁像走进巴西球迷的大颗中，把自己的热情和喜悦完全投入身体当中。看到朗拿度入球高兴得跳起，学着他们的舞步也来桑巴一番。整夜听着Bossa Nova与Samba，心里骚动着学习葡语融入巴西文化当中。一个国家、一个民族的文化能创出自己独特而明快的风格，那得靠民族的团结和集体意识。而能够给人类带来光明、热情、快乐和希望的，一种开朗的民族性格，更能鼓舞着地球上所有悲哀和苦困。

人生，应该乐观一点，我们都需要这种阳光气息。

2002.7

形象

在我的记忆里面，大人物常常以两种姿态出现，一种人谦卑得难以置信，倒给人一种缺乏自信的感觉；而另一种则自大得可怜，不可一世地突出自己表现自己。前者常常被遗忘，后者以他遗臭万年的姿态不朽于历史当中，当别人记起“上帝之手”，自然会想到一个吸毒的精神病患者那些狂妄与滑稽。

世界杯之后“上帝之手”的言论实在令人生气，真不能相信一个曾经那么伟大的足球明星竟会一次又一次在荧屏前诋毁自己的后辈，他要抬高自己吗？我看不必，他已经是公认的十大最伟大足球员之一。他是精神病发作吗？大概他的支持者们只能用这个理由解释电视机里那个曾经被奉为球神的胖子的胡言乱语。看着自己偶像的形象在眼前渐渐地破灭，我想是一件很痛苦和难以接受的事情。正如迈克·杰克逊（Michael Jackson）的Fans看到舞蹈中的MJ突然鼻子（那个修整了不下二十次的东西）塌下，大家不禁哗然。

人，特别是那些公众人物，总想在别人面前留下印象。印象，一是自己建立的，二是别人的赋予。个人在建立形象的时候，自己希望自己给人好印象。但当自己的形象并不起眼或渐渐失去力量的时候，有些人会选择另类路线。都是为了让人记得自己，过激了就变成坏事。

大家都希望为生存留下一点印记，从不同程度和层面上要别人记得自己。岳飞的英雄形象当然没有问题，有人会想做秦桧吗？当一个人迷惘于自己形象与名声的时候，或者我们想一想，是不是要做到那样呢？追求名声，需不需要做得那么坏，贬低自己的身份。如果不朽的形象只是一个臭名，要来又有什么意思。

2002.7

家训

陆奥家有一句家训：受了富人的恩惠，说句谢谢便可以了；但受了穷人的恩，一辈子都不能忘记。这句家训或者有点偏颇，因为毕竟富人之中也有好人的，而且别人给予自己恩惠，无论如何也是应当感激的。然而，家训中后面那一句，我却十分赞同并信奉。

一个富人给予恩惠，他富裕，只不过把自己多出来的东西施于别人。但要一个穷人（在物质上或是精神上）给予别人恩惠，他本身并没有些什么，只是基于爱或同情把自己的东西分给别人，这实在是叫人感动。在地球上，有很多贫困的人都因着自己“爱人”的信念去对别人（无论是富人或穷人）提供帮助，那些伟大的行为，总能使一些处于困境的人站起来。这并不像那些国际强国，打着救世的旗帜用经济力量控制其他国家，那些大“富人”的行为，说句谢谢都懒。试想想，美国的原住民（我并不愿意称他们为印第安人）当年本着对外来者要多加帮助的精神照顾了欧洲来的人，教会他们种植马铃薯。可是那些富人连一句道谢也没有，反而把他们赶尽杀绝。这叫我家怎能不鄙视那些（无耻的）富人呢？这叫人怎能相信，富人的赐予是出于真心——江山易改！

我热爱和平、相信爱，对于那些本着爱而行善的人，我并无亵渎之意。或者我更应学习一下，去感激、去信任。正如那些愿意帮助别人的“穷人”一样，不理会你是富人穷人只要能力做到便出手相助。帮助别人为的是要别人报恩的话，那些有机心的“行善”就不如算了。为什么穷人的恩惠不可以忘记，便是因为那无私的精神和真诚的付出。

2002.7

3R

巴西有3R，三个著名球星朗拿度、利华度和朗拿甸奴组成的铁三角无敌进攻组合，叫所有后防球员手心冒汗同时防不胜防。三角组合是世间最稳妥的群体结构，所以我们大可以把它推广到任何一个角落，现成的例子自然有NBA公牛王朝和现在湖人王朝的三角组合。

四人或五人的组合不行吗？人多手动乱，管你有再多高手，多一个人多一个争风吃醋，工作不能好好地分配，事倍功半。二人组合又如何？那又过于单调，对手很快会掌握套路，也就不能拥有长期优势。三人组合无疑是地球上最好的合作方式，可以发挥最好的工作效果，打破“三个和尚没水喝”的定律，有入球为证。

那么，专栏也来个三角组合如何？趁着3R风头几乎让人忘记照片尺寸也有3R，趁着现在三角这种组合全世界有几亿人都知道，据头这回事是最美丽的杀招，先来找三个同英文字头、同姓的人来混混，开个3R专栏，你吹捧一下我我回应一下你，今天你说猪扒好吃明天我大表赞成，实行你中有我、我中有你，大家的文章互相关联，形成伟大的专栏铁三角，自然可以紧紧抓住读者你们的心。看我的文章不明白，那是因为你没有看他的文章，看他的文章不明白，是因为你还没有看另一个他或她的文章。把3R的作战方式投入写作当中，超级专栏诞生。

3R，自然不是敷衍附会全为捧场造势的臭东西，上面说的，笑话而已。3R为什么出色，就是因为他们有才华实力而且各有风格。而那些没有性格没有实力的写作，和3R自然不同。但如果三个大文豪来组合铁三角呢？我想那就不得了，才子间的碰撞，是艺术。

2002.7

支持澳门

这篇文章发表的时候，大概置地广场的书展已经开始了。热爱阅读、爱书的朋友们会到那里凑凑热闹，在澳门这个小小地方，能有一个相对大规模的书店，自然值得高兴。除了我这种吹毛求疵的人以外，实在每次书展展出的书，是足够一般消闲阅读的需要的。

而作为一个澳门的年轻一代（噢，对不起，下面我禁不住为我们可爱的澳门文化事业卖点广告），我自觉应该为澳门的创作“推波助澜”。澳门，是有我们自己的东西的。澳门人是有自己的小说家、散文家、诗人，虽然，他们都不是专业的写作群体，但实力并不下于那些炒作与宣传出来的商业作家。当我们看着邻埠的杂志的时候，请记住，我们有一本澳门原创的青年杂志叫《新生代》，虽然这本杂志还处于成长当中，还有很多值得改善的地方，但至少这本杂志的诞生，标志的是一班澳门人的热诚和理想。作为澳门人，我想我们应该共同支持澳门的文化事业，共同见证澳门文化的成长。

澳门常常成为香港的附属，我们的离岛文化情况日益严重。或者这是无可奈何的，因为所有的潮流、话题、消息，都由那些娱乐王国所操控，澳门地少人不多，在这种市场下，想要有大作为实在困难。或者，我们并不需要在一时半刻改变自己的习惯，你喜欢 Yes 或 No 没问题，只是，请抽出一些时间或金钱，听听澳门人自己的声音，看澳门人的书，看澳门人的杂志。

去书展的时候，不妨买本澳门作家的作品看看，也不妨走到《新生代》的摊位，看看它们的努力。喜欢的便买来看看，不喜欢的交个朋友。我们都等待各位的参与。

2002.7

讲完

我小时候有一个希望，希望写完一篇文章可以在结尾写上一句:“讲完。”人生在世谁没有一些无聊的想法呢。但现实告诉我们这是不行的，因为现实终归是现实，有些事情，全人类都说不好不行不能的时候，你只好乖乖听命。这种想法一直在我心里面植根，在我的世界里面，从来没有看过有人敢于在文章结尾写两字无聊透顶的“讲完”。文章完了便是完了，有些事自然不言自明。

这个想法的结束是在小学四年级，那年我班出现了“第一人”，他终于在一篇作文中表达了我们“小学鸡”伟大的无知创意和叛逆，在结尾画上了“讲完”的蛇足。当老师朗读这篇文章并把这个“讲完”的行为视为多此一举的败笔的时候，全班都笑了，我附和在笑声中伸伸舌头:“还好没有出丑。”

时至今日，我的想法又改变了。当年的“讲完”其实是隐含了小孩内心最痛苦的挣扎的。那时候有几多个小朋友真的有心情去写作文呢？又有几多个真的能想到些什么写在作文里头呢？老师总是用枯燥得几乎嘴唇爆裂的题目的教学方法去引起（当然引不起）小学生的写作兴趣。他们总使用（或逼使学生使用）一些范本要求学生照着套。小学的写作没有趣味，小学生没有写作兴趣，那是我当年所读学校的情况。

当独裁者捉到革命党要求他们表示对独裁主义的效忠，为求自保的小人物自然无可奈何地为他们宣读起自己的“忠贞”。结尾，忘不了晦气地报以一句：“讲完了。”讲完代表什么，我想，在一种沉重而乏味的心理负担当中，讲完是无话可说，讲完是“我受够了”。

关于我当年的小学中文教育——讲完。

2002.7

艺术、王家卫与爵士

买了电影《花样年华》的原声大碟，从里面的文字隐约找到一些艺术爱好者的创作心路。而关于王家卫构思电影的方式，相当有趣。这部电影的点点滴滴，由酝酿至开拍差不多八年。创作的冲动始于1994年在北京出租车的收音机中听到John Coltrane（约翰·柯川，爵士乐萨克斯风手）的音乐，那一刻他得到了一部新电影的意念。他听到什么曲目呢？按照《花样年华》的气氛的话，大概是Coltrane在西部Cool Jazz时代的作品，时间处于20世纪50到60年代，那里面充满怀旧的气息与悠和的哼唱，是留声机和黄昏街道的格调。

1998年，王家卫在整个地球穿插，向着电影的理想进发。有一天，他终于记起了北京的那个晚上和Coltrane的音乐。可是经过时间的变动，原先的构念改变了许多。基本的格调保持了当时的感觉，但爵士乐变成了上海舞厅和华尔兹。曲目里面只剩下几首Nat King Cole（爵士乐歌唱家）的歌唱，余下的添上了我们耳熟能详的《等着你回来》等乐曲。

为什么今天要说起这个电影大师的创作呢？或者我们应该要发现，音乐的力量，或者说艺术多元互通性是能够发挥很大的化学作用的。如果我们单一地接触某一个范畴，大概作品便不会有那么大的影响。音乐创作者要懂得欣赏视觉艺术，谱出能弹奏的画面；而文学创作，如果能把音乐的元素混合其中，看着文字能感到音乐萦回于身边，那作者便为文字注入了新的概念。艺术本来便是一种生活，他可以在任何时候出现。一个懂得生活的人，一个热爱创作的人，便能从一些细微的地方，捕捉到美丽的灵魂。

2002.7

拥抱音乐的村上春树

之前提到音乐在王家卫电影里面的影响，我相信，音乐是可以刺激到创作的灵感的。今次值得一提村上春树，因为无疑他是个很极端受音乐影响的作家，或者说，音乐和他的创作是密不可分的。

单就一个文字工作者而言，村上春树已经出版过两本纯粹关于音乐的书，分别是《爵士群像》的一和二，在那里他介绍自己所喜欢的爵士音乐家。不可否认，村上是个半疯狂的音乐迷，从他家中的黑胶LP和CD的惊人数量已经能得到印证。那么就小说家而言呢？即使我们做一个简单而初步的统计，其小说中关于音乐的东西便已经多得夸张。从1979年出道的《听风的歌》到1992年的《国境之南·太阳之西》中，就我所知，直接用歌名为题目的有《挪威的森林》（The Beatles）、《舞舞舞》（The Beach Boys）和《国境之南·太阳之西》（Nat King Cole）。而《听风的歌》更是以The Beach Boys的*California Girl*为整体意象在整篇小说中不断地出现。假如我们再从小说的行文中去收集，里面的曲目最少也要用一二万字才可以讲完。

音乐为村上的小说带来了丰富的意境和时代象征，也为他小说的品位、格调带来了别人无法取代的地位。没有一个作家能像他那样在小说中表达自己对音乐的钟情，但从另一个角度看，音乐或多或少会给予村上很多创作的灵感。

从他谈及自己写作的文章中我们可以发现，这位作家充满生活情调的艺术的写作过程是：咖啡店、酒吧、20世纪70年代摇滚、爵士和香烟（后戒掉），音乐（外界传来的和自己有意识聆听的）为他带来了一种写作的动力，引渡着他的创作和故事的发展。音乐是什么？就是生活的创造与再创造啰。

2002.7

老汉推车

考完试后，立刻收拾好行李赶车回澳门。只是两个月而已，我已经禁不住要想家。回家的行李里面包括了新近买的书本，有马丁·路德·金的文献和传记 *I Have a Dream*、萨尔德的《知识分子论》和《达利谈话录》等等，书本装满了一大个旅行袋，至少有二十本书。当然，里面还有我喜欢的音乐，这次因为回来一个月，所以我花费了几乎生活费的一半去购买未来一个月的精神食粮（唱片和书），爵士乐唱片买了二十多张，由 Jelly Roll Morton、Stan Getz、Bill Evans 到现代的 Soul Bossa Trio。

由学校到车站一直背着这样的重量实在吃力得无话可说，只管着流汗，哪有时间抱怨。我对自己说，过小资产阶级生活是要事前付出很大的努力和代价的，忍耐一下吧。穿着刚买的日本国家队球衣和灰色 Nike 街裤，我一步步地走向车站。

独自一个人走着，一个看似是民工的老汉推着运石车在我身边走过，他的汗大致和我流的分量差不多，这和我们衣服的吸汗功能没有关系，汗由头流到下巴再滴到地下的过程，根本不可能和衣服有任何接触。我看着老汉走过，这是一条学校的长廊，由开始到尽头至少有三四百米，我们在这条长路的中央相遇，然后他超越我，我望着他的背，那双破烂得难以入目的皮鞋，那条满是泥巴的西裤，还有那件因为长期被汗盐侵蚀而变得异常破薄的衬衫，都像带着某种意义在这条路上与我相遇。我想，我们所流的汗是不相同的，即使我们同样用身体去负荷着一些沉重的东西。老汉的艰苦，并不只是烈日当空下一个推车的任务而已。

我们这一代的人太幸福了，已经不懂得如何去体会一些难以让我们自己同代人明了的对比。表达得不好自然是我自己的关系，可是如果试着用自己的想象力的话，我相信大家也会难过的。题目是起得哗众取宠，可是如果内容是有点意义的话，那也无妨吧。

2002.7

澳门街杂感

澳门能买书买唱片的地方有多少呢？经常购买唱片和书的人自然会知道——少。少不单是店的数量，还有是货的数量。以悠闲消费为目的的话，我想澳门当然没有问题，言情小说、流行唱片是并不缺乏的。但对于那些进阶的读者和唱片发烧友来说，澳门则悲哀得可以。

澳门想成为文化城市吗？想买自己喜欢的书本、想要几张经典的唱片，到那几间半天已经可以翻完的书店和唱片店一看，完全没有。我们要回内地消费（请不要怪我再一次北上）、我们要到香港扫货（就别再提澳门的“离岛文化”了），远一点则是台湾、国外。没法子，澳门根本不能满足我们的需要。大概是因为澳门市场的问题吧，更可能是因为小弟过于另类要求与别不同，太过行货的东西就是看不上，因此放满整店的东西如同虚设。

我是爱澳门的，我整天在盼望澳门真的很有品位。澳门并不一味只得闲适这个形容词。我想澳门是可以有自己的深度的。澳门这个城市就是有点尴尬，要和其他城市比较起来总显得有点寒酸。就拿我们春风吟的电邮地址来说，一个澳门没有 yahoo，要用中文的 yahoo 的话，可以选择的只能是内地的、台湾的或香港的。于是春风吟的电邮后面有“hk”，但大家都知道，这并不表示我们是 HK 人。要怎样向人解释好呢？

并不能要 yahoo 在澳门这样一块小地方也开个服务站吧，那是不可能的。正如想别人为澳门提供多元化的服务，怎么说也无利可图（买书和唱片的事，算了）。澳门人首先应该承认自身无可避免的缺憾，然后才来想想怎样建立自身的地域色彩，我想这样是比较实际的。

2002.7

我的华青岁月

《华侨报》的华青版无疑是见证着我的成长、培养着我的写作道路。从我开始写作以来，由高中二年级开始，华青成了我发表作品的一个重要场所。华青版，就是《华侨报》隔星期一出版的学生投稿发表园地，在澳门，能投稿的地方实在是相当有限，而华青版实在是一个令人相当振奋的地方，在华青版上发表文章或诗歌总能鼓舞我的创作，至少这样能使我感到，有人会欣赏我的文章、愿意阅读我的文字。

我感谢华座和华青编辑，自己的文章写得怎样我心中有数，承蒙编辑大人错爱，我才有机会在《华侨报》上顽皮造次。我就是幸运，总能在迷惘的路上得到很多前辈和朋友的帮助。在中学的时候，借着华青，我认识了很多文友。红雪、贺绫声、黛西等等都是从华青等发表平台上认识的。往后大家互相勉励切磋，使我写作的路途生色不少，也就不愁寂寞了。而有时看到大家的文字放在同一版上，那种感觉也是别有一番风味的。

华青是一个大家庭，有熟悉的人、有陌生的人，一些人走过了又有新一批的人到来。看到熟悉的名字就如读着友人送来的家书，总想知道某某近来的新作写些什么。而陌生的名字又常常带来惊喜，叫我感到澳门写作的同学也是多着的。我知道，在中学里面很多同学都积极参与写作的活动，而华青版更是他们必读的版面。

现在正值暑假，同学们在休息、玩乐、旅游、学习的同时，别只记着玩和预习来年的功课，有空也得要写几篇好东西，投到华青版去呀。我总觉得，并不一定要老师推荐称赞的才是好文章。有时自己感觉良好，就要大胆尝试，我相信，编辑大人们是希望看到独特有创意的作品的。

2002.7

夜粥

平时有到夜粥店吃夜宵的朋友自然会知道夜粥店的兴旺程度，一般人肯定不会相信夜粥档可以生意好得要排队等买粥。特别是我家附近的三家粥档，每晚都顾客多得难以置信，晚一点叫粥的话可能要等上十分钟以上都说不定，铺里面坐满了人，门外面站满了人，都是为了一顿粥粉宵夜。因为实在太多人，很多时走到粥店门外我都会打消了吃粥的念头，实在不想等得太久了。

今晚开会后差不多十二点才回家，途中也就趁客人不多到粥店买了碗艇仔猪肚粥，前一阵子因为粥档独市价钱都要十一二元一碗，现在多了两间铺子竞争才把价钱调低了一点。粥事实真的味道好，所以才吸引人；而且吃粥比较容易控制饱饿程度，也就不用吃得太饱立刻睡觉。这些或许都是夜粥受欢迎的地方。

在现在经济并不太好的日子里，夜粥店的生意那么好实在不错。没法子，即使生活大不如前，人还是不好待薄了自己的胃口，饭还是要吃的，好东西也应该品尝。常常愁眉苦脸，倒不如开开心心过日子，于是人人都乐意花一点的金钱给自己好好的一餐。

而夜粥的兴旺还是有另一层意义的，下次有兴趣找三五知己去吃夜宵的时候，大家不妨留意一下光顾的客人，几多穿着娱乐公司制服的人出入其间。夜间工作的人越来越多，投入娱乐事业的人越来越多，娱乐事业为澳门人带来了就业机会，同时亦制造了大量不正常作息的市民。当沉迷夜生活的人和在夜间工作的人成为整个城市的支柱，或者城市的早晨很快便要变得死气沉沉。还记得早睡早起的，将会剩下上学的孩子和晨运的公公婆婆。

2002.7

苦儿与虎儿

中国人总喜欢要自己的孩子“继承衣钵”，代代相传。孩子就像生下来便要履行自己的责任，他们无从选择，只能按照父母的意思去学习必要继承的东西。我自觉这是相当悲哀的，可是在这个社会里面这些事情却又经常可见。意思好像就是，既然你是我的儿子，你从父母的身上得到了聪明的脑袋，自然要好好利用。虎父无犬子，我能做到的你也一定要做到。

我从爵士音乐史里面听过这样一个故事，John Coltrane 是名人堂中伟大的色士风手，可是四十岁便死了，留下了妻儿。按正常的情况，妻子应该会叫儿子继承父亲优良的传统，继续学习吹奏。但妻子没有这样做，她让自己的儿子自由地发展，甚至她有意地回避关于儿子父亲的一切。终于儿子长大了，在众多的专业里面，他最后还是选择了爵士色士风。母亲知道了儿子这个决定后，才把 John Coltrane 是他的父亲的真相告诉他，并拿出一堆他父亲出版的唱片，让他知道他父亲是个怎样的人。

我相信，作为名人的孩子所要承受的压力一定不简单，而要在自己父亲那么高的成就底下奋斗，自然是一件更加痛苦的事情。我知道 Coltrane 的母亲其实是不想自己儿子选择做爵士色士风手的，但既然这是孩子选择的，那才无话可说。作为父母，让自己的孩子正常发展，那要比逼迫着做一些他们不喜欢的事情来得有用。他们在众多的选择中自然会找到一条适合自己的路。虎父无犬子不是逼出来的，而是本质上散发出来的力量。即使没有任何外力作用，虎儿依然是虎儿。

2002.8

六百字的烦恼

做一件事情到了一定的时间，便应该静下来思考一下。思考自己做得怎样、完成得如何、程度高低。专栏文章写多了，也应该常常鞭策自己，务求自己的文章可以常常保持新鲜感。这几天我一直在想这个问题，对于自己每星期三篇的文章，我应该抱着怎样的要求去完成呢？

做方块文章，有时总是忘了些起承转折，有时话说完了便算，叫有“货”交便是。文学性本来应该是些手到拿来的东西，但写多了总是越写越散，说到底就是自己懒惰之过，少做修改修饰。内容和技巧的完美结合会给人一篇美丽的文章，或者在追求内容特别之余，技巧又是时候提高了。

写六百字，说易不易说难不难。有时写长了觉得不精细，写短了又觉得要说的话还不“到肉”，少有两者平衡的。这并不单是关于字数的问题，而且更是选材与取句的问题。像我这种人，要按自己的风格写文章的话，本来就是废话极多爱写无聊事情。可是写多了字数又太多，写多了读者也有意见，写多了编辑也觉无味。但我就是那种写回家连大厦门口的看更黄伯、街口卖报纸的芳姨、楼上陈太、楼下细B也写写的人。显然六百字就是不够。但这种风格对于专栏文章实在是无谓，于是我变了毫无风格可言的文字制造员。

你大概不会明白一个文字制造员的烦恼，当你以为他写的文章常常是随便胡来之作，当你以为他写的东西空洞无物实有“吹水”之嫌的时候，请相信陆奥是有自省和质疑自己的。他总在努力做得更好，他总想满足读者的需要。专栏文章不同于文学创作，目的应该更贴近读者。而我坚信，能引起大家阅读的兴趣，这是我首要的任务。

2002.8

追求与突破

近来深入地读过一些爵士乐历史，对于Sonny Rollins有很深刻的印象。在吹奏管乐的爵士乐大师里面，很难找到几个像Sonny Rollins或者Louis Armstrong等的长寿者。爵士乐源于烟酒之地，乐手们大都恶习一身，抽烟喝酒是家常便饭，更甚者则吸毒或是沉迷色欲。因此，他们一般都早死。Louis Armstrong是相当幸运的例子，虽然他的喜好习惯是“标准”的爵士乐手类型，可是人生里面总会有些人永远逢凶化吉。也就难怪他可以成为世界上最著名的爵士乐手了。

可是Sonny Rollins则不同，1930年生（还在生）的他虽说路也平坦，但常自省与质疑的他，两次都选择在事业高峰的时候退下来灵修。他不断要求自己去突破去超越，不断去怀疑自己的成就和才华，务求确定自己在每一个时期的位置。休息够充电够了，又以全新的面目出现。在某些世俗的人眼中，他这种行为是难以理解的。情况等同于有政府工不打去流浪。

有些人就是不理解什么叫追求。每个人的追求都不同，有人追求安稳的生活，有人追求理想与突破，安于现状的人不能真正懂得追求突破的人的那种勇气和信念。追求理想与突破是建立完美人格必须经过的道路，没有这种追求的人，是不可能达到这种境界的。每次想到这里，有两个人便清楚地出现于我脑际，一个是Sonny Rollins，一个是我的老师。

作为一个真正意义上的知识分子，他的正直和有所追求的精神总在心灵上给予我很大的鼓舞。感到不对的时候便要勇于表态，不断地要求创新与突破，反对陈旧与落套，这都是他教导我的。正好老师快要离开澳门去选择他一条新的道路，但愿他这条道路幸福与平坦，来年回来后又有全新的变化与突破。

2002.8

Y世代青年自辩

在网上有读者留言问，到底为什么我没有写出Y世代年轻人该有的阳光气息。那一刻，我语塞了。直至目前为止，我所能看到Y世代年轻人应该是怎样的呢？是上K落D抽烟“索K”，还是上网去街着奇装异服？由于某种印象过于强烈的关系，以致我的思维和年龄产生了极大的差异。我开始不理解一些同龄的想法，有时更过于不随俗让人感到固执和神经质。

我想，Y世代自然有其充满阳光活力的一面。可是很抱歉，在我的心里面没法子留下一种实质性的东西。看着我的反抗与不满，年轻人这个字眼总带着很多悲哀。在我的眼里可以看到的，都是一片黑暗。虽然我对明天并不是抱悲观主义的，但无论如何对于身边的事物，更多流露的是一种叹息和哀愁。

有时美丽的东西说得太多也就免了。诸如告诉你城市中有多少个品学兼优、多少个勤奋好学；几多人高官厚禄、几多人住洋房养番狗。那些都是毫无意义的，谁不知道人爱饭不爱屎。可是有些人，总永远不愿面对现实，大鱼大肉后面毕竟还得有茅厕方便。在恶劣的环境中只愿向好的地方憧憬永不付诸实干，选择好几十种方法去享乐去麻醉自己，就是不愿正视现实中最残酷的地方，这能有什么进步？

所以我总是爱说些不好听的话，以我的超龄语言去表达自己的意见。虽然并不是那么客观，但毕竟出于真诚。这个世界需要一些本着良心说话的倾吐者，至于某个年龄的代言人，这样的重任有谁担当得起，我这个年纪的大多数，都在喜欢《流星花园》F4、喜欢日本玩意儿喜欢涂鸦。我们这班爱爵士、爱搞另类的艺术青年，也实在没有代言的道理，更别提改造别人的灵魂。

2002.8

英雄的微笑

一连看了两场足球赛，自世界杯后再一次看到英格兰的斯文和德国简恩的比赛。球赛无疑十分精彩，而因为世界杯的关系，我特别留意这两位球员的表现。回想英格兰和德国输给巴西，于英德的守门员而言实在是非战之罪。在巴西这样的进攻力下，守门员其实已经做足本分。可是龙门很大，几百条射球路线底下即使是防守之神也有漏网的时候。

人说男儿有泪不轻弹，然而斯文和简恩都落泪了。他们是值得原谅的。一个有民族责任感、一个不推卸责任、一个珍惜自己生命中所有机会的人都有落泪的理由。当国家的荣辱寄放在自己身上的时候，当你知道人生中可能参加世界杯的机会寥寥可数的时候，想到这些，你是会哭的，除非你没有想过。其实斯文和简恩的形象，是十分值得学习的。

而今天，这两个曾经在世界杯落泪的守门员，再次在球迷面前展露自己的微笑，再次在我们面前表现高水准球赛。我感到十分高兴，我高兴他们没有因为失败而气馁，我高兴他们能很快地投入生命，继续在人生中贡献自己的力量。这个世界上是有人承受不了失败的，有人失败了便永远地失败，永远不懂抬头。伟大的球员能从过去的痛苦中苏醒，良好的心理质素让他们有力量在以后做得更好。即使输了，他们永远是英雄。

英雄，能从任何创伤中站起来。

英雄的微笑并不代表遗忘，我想这一年的夏天，他们永远不会忘记。微笑能代表的，只是他们已不再耿耿于怀。带着失望的记忆与经验，他们已经装备好自己，迎接下一次挑战。他们愿意再一次代表国家，在绿茵场上，奋勇作战。

2002.8

拖手而已

当我在街上的时候，我总常常留意经过的情侣。或者是因为我寂寞吧，又或者因为我本来就是个无聊人的关系。情侣间牵手其实是一件极平常的事，十指紧扣，里面是包含了爱和信任的。因为我相信你，所以我把我的手交给你，让你好好爱护。多么美好的一件事。

那么到底是我先给你手，还是你先给我手呢？是我要了你的手，还是你要去我的手？这又是一个相当微妙的问题（对不起，我又禁住自己无聊的个性）。在我见过的，有男的伸手去要女的手却摸失了，有女的想抓紧男的手臂男的却走开了。有人跌跌撞撞、鸡手鸭脚地又碰上了。只是两只本来毫无瓜葛而因为爱情走近了的手，却够叫人爱爱恨恨。大概越爱你的人，便越想拥有你的手，于是他们便努力去寻找；而被爱是幸福的，有人等着人来拖。手是如此，爱情也是如此。有的一拍即合，有的要调教很多次，才得到一个合拍的位置好好地牵手。有习惯十指交叉扣起的，有喜欢两只小尾指扣在一起的。每个人对于一件事物的看法都不同，有人真诚，自然有人虚伪。

最令我作呕的一次拖手在我面前出现，是一对情侣在散步，男的手在裤袋，女的倚在他身边。途中有很多情侣走过，彼此都靠得很紧，手拖着手。男的看到前面的情侣拖着手卿卿我我，望望身边的女朋友，立刻把裤袋中的手抽出来，一手拉起自己女友的手。那一双手如玩物般贴在他的手里，像一种宣示般向路人表明他们也是情侣而且非常恩爱。多么虚伪的把戏。在此之前，大概那个男人早忘了有一双温柔的手，一直等待他的爱护。拖得那么勉强，那就不如算了。

2002.8

不一样的狗

今天上午八时，漫画家六田登变成了一只狗。有时我总会想，像卡夫卡《变形记》里的事真要发生了会怎样呢？现实世界永远不能为我解释艺术与幻想中的问题。然而现实里的东西我们总得要找到出口。

你知道什么是出路吗？什么是双重束缚？城市人，便是活在这样两个提问之中。漫画家画漫画，画则被人说没意思，不画则没钱养家，两者皆被人抱怨，这是双重束缚。出路呢？除非你脱离了自己的角色，除非你是一只狗，甚至要成为一只没有身份的狗。你既不为人父，你也不为人夫，你没有工作责任，也不从属于任何人。当你便是你，你才有出路。书本告诉我们:“在这个高度系统化的社会里面，所有的人只不过是处于一个没有出口的密封空间中进行着永不停止的旋转游戏。”

这个世界越来越冷漠，再没有真正去理解你的人。更多人关心的是你的身份，没有理会你的变化——只要你做好你的本分。甚至在行人之中，人与人之间也漠不关心，只剩下嘲笑和好奇，至于真诚的关怀，已消失在这个旋转的世界里。大家按指令行事，电脑化的世界请输入程式运行然后输出结果。都市变得越来越难以理解，找不到出路退路的人，便要在双重甚至更多重的束缚中困住——这是精神分裂的过程。漫画可以很哲学，漫书可以探讨一些很严肃的问题。于是根据1904年诺贝尔医学奖“巴布诺夫的狗”实验出现了漫画《不一样的狗》——充满喻意的狗。

精神，要好好照顾；它比我们想象更加复杂和脆弱。变成什么都不紧要，狗只是一个比喻，真正重要的东西永远存在于我们的心里。所有的执着都是毫无意义的，快乐的生命，它比一切都重要。

2002.8

文字舞台上的表演

为文之难，难于上青天。多么痛苦，多么悲哀。写文章而已，为什么总让人沉迷中毒发神经。我们不断在追求，不断地寻找突破，在这个发表量不断扩散的世界里面，我们在寻找自己。每天有几百万篇文章在这个世界出现，百分之五十或更多的比率可能盖有“如有雷同，实属巧合”，只剩下很少的部分存在创新的东西。写作便如此，你有意无意其实只让人想起了别人，你有意无意间写出了他曾经说过的一句话，你没有自己。“他的东西很像某某”“对不起，现在太多某某式的文章了”“她的文章在学他”。

要拥有自我和个性，以写文章而言，比做一个自我和有个性的人更难。你只能拥有文字，不能再有其他。你只能用文字去形塑自己的世界。除此之外，所谓的风格问题根本不存在其他解决方法。为什么要确立自己？因为在这茫茫文海里面，一篇文章很快被淹没，太多雷同的面孔令人把曾经留心的东西都忘记了。一个有良心的文字工作者要对得起自己的文字，让它能在较长的时间里面显现自己的价值，发挥应有的效用。于是，我们都在追求。

文字是一个标奇立异的地方，因为太多熟悉的东西，所以文字选择了陌生，寻找陌生的景物、陌生的角度、陌生的语言、陌生的象征。当所有的东西都被中西作家们玩够用够的时候，后来者都在剩下的废墟里面找寻陌生的瓦砾。读者们，你们要辛苦了。因为你是文字的白老鼠，因为你要判定我的“陌生”成功或不成功，我的“陌生”有没有副作用。在文字发展的历程中，你试验着不同的创意。为了我们一班可怜的文字狂热者，当看到美丽的诗句，当有新奇有趣而富有魅力的文章出现，请随历史鼓掌——谢幕。

2002.8

暑假的生活哲学

不经不觉这个暑假便过去了，和平常一样，无声无息地，好像只过了几天吃喝玩乐的日子，便悄然过去了。我好像干过很多有意义的事情，但回头想一想又好像一点意义都没有。用了大量的时间在约会上：见见中学时的同学、朋友，高兴的时候写些东西，觉得无聊时便上上网、玩玩电视游戏。晚间不是外出便是看《百万富翁》，陈启泰的表情依然吸引着我，看了那么多遍还是不知道他要说你对还是你错。答案系……错——我以为是对的。

所谓价值的东西也常常如此，谁又敢说定做一件事是对还是错呢？总会有人怪我过于懒惰，把整个暑假消磨掉了连半分钱也赚不到（慢着，我也有几张稿费单的）。总会有人怪我无所事事，为什么不找份能挣钱的工作而选择写作。我却觉得相当愉快，能做一些自己喜欢的工作，能自己掌握自己时间，能在一个假期中好好地休息，我想会比不断工作工作工作要好吧。人是需要休息的，引擎开动得太久会过热，这直接影响机器的性能。

我习惯了时速三十公里，我习惯了每开五百公里要在公路边休息喝可乐，我习惯了在适当的时候注入润滑油。这样往后的五百公里将会相当舒适自如。休息的时间过去了，前面的路还很长，虽然我们永远都不知道生命在哪里将是尽头，可是用自己喜欢的脚步走自己喜欢的路，管它长或短，自己还是相当高兴的。

在旁边看人家玩时总会表现得像智者一样，当问题只给你一个人回答的时候，却可能显得不知所措。要知道答案是否正确，那就必须拣选一个自己的答案。陈启泰的脸依然一点提示都没有，而我手上有三个锦囊，大概这道题目，是不会错的。

2002.8

掌握知识的方法

越来越觉得很难找人讨论，有时很想就某些事情和别人做些交流，但后来发觉，这并不是一件容易的事。要讨论，自然大家都要有立场和见地，可是两个方面看，自己见识浅不敢造次，于是别人说什么自己听什么，另一方面对方也不见得高明，你和他其实鸡同鸭讲。于是越来越少讨论，即使想对一些事情有深入的了解也不能。

我是非常自责的，我总在想，如果自己多看几本书该有多好，至少什么都懂一点点，虽然周身刀无张利也可以附和酬唱一番。一个纯然的接受者永远得不到真知识，做学问要有批判的眼光，自己没有阅读量和知识面的话自然不能随便对别人的说法产生怀疑和质问。

提问是多么痛苦呢，老师们自然不知道，我们这些学生不是没有问题，而是不知道问题所在。自以为不懂的问题在别人看来或者肤浅得可以，说了让人见笑。太繁杂的问题说了一头雾水连自己在说什么都不知道。有时上完一课，每当老师问“大家有什么问题”，我每每都自问无能为力，不是不懂，我是似懂非懂不知道要问些什么好。比如说读鲁迅小说，都是读过了老师解释过了故事明白了象征知道了。在文史知识贫乏理论基础不稳分析能力薄弱的情况下，我只能回答老师一句：“没有问题。”所有问题都不是问题，根本在于学习的态度和思辨能力的培养。

于是，我学会了勇敢。我去提问一些可能没关痛痒的问题希望成为讨论的引子。于是，我学会了表态。我盼望讨论，于是我愿意把我知道的都先说出来，我盼望我的错误有人会指出，我的正确有人会表支持。虽然找人讨论依然困难，虽然讨论的情况依然冷清有时自弹自唱，但我学会了一种态度——我在寻求正确的东西。

这便是我掌握知识的方法。

2002.8

送你一张唱片

如果我曾经借书或唱片给你，你一定是我的好朋友。

我非常珍惜自己的书和唱片，很少借给别人。除非我相信你会像我一样把它视作珍宝，否则我还是极不愿意的。书和唱片是我的收藏，每　件东西都非常珍贵，就像　种难以分割的感情一样，我害怕失去。或者你会觉得，这些都是外物，并不需要那么紧张呀，可是我却没法子。我相信，我所得到的每一本书和唱片都是与我有缘的，既然有缘就得珍惜。很多东西，只要不留神便会失去，我既不想后悔也不想在茫茫人海中继续寻访。在这个世界里面，要在那么阔广的地方去找到一件东西是极不容易的，更何况书和唱片都是承载着别人历史和故事的东西，那就更值得珍惜了。

所以，每当我看到非常难得的书或唱片的时候我都会多买一份，真诚地送给朋友和他分享。我并不富有，事实上也买不起贵重的礼物，然而在我看来，我送的每一张唱片和书都要比金项链、钻戒要来得珍贵和有心意。每一张唱片、每一本书都是我精心挑选自己看过听过感受过的，如果你愿意，我更非常乐意为你诉说你的礼物藏着的故事。你拿着我的礼物，每一晚我都能为它注入新的魅力——我的礼物，保证有五十年送后服务。或者普通朋友的话我会带着几分虚伪送些贵重的东西，但要是我把你当成知己好友的话，那就对不起，你只能收到唱片和书。

有些东西，很容易消失。有些东西，一旦得到了便要紧紧地捉住不放。唱片和书是这样，朋友也是。好的朋友不容易交到，好的唱片和书也是，正因为这样，好朋友送好唱片，好朋友送好书，这是我非常固执的事情。我相信，或者某年你再拿起那张尘封的唱片把它放进唱机，当悠扬的乐声响起，你便又会记起我。

朋友，送你一张唱片。请你记住我。

2002.8

来吧，I Feel Good！

女人，你知道吗？你说得太多“我爱你”了。女人，请问，还有别的吗？在这个世界里面，几乎全部自以为或追求浪漫的女人都在向自己的男人说“我爱你”，而包括我在内的一半的男人对这句话不以为然。为什么？因为物以稀为贵，说多了也就没意思。

女人在想什么我自然不知道，我是个男生，也自认不懂温柔。不过男人在想什么自己却很清楚，对于常常受生理冲动影响而陷入情感困境当中的男生自觉非常了解。女人呀，爱我们是没用的，十个男人扪心自问有九个都不知情为何物。不是骗你的，有人会装作很懂其实什么都不懂，有人不懂就算老老实实，总之，男人对于爱情是需要多于爱的。需要是什么？噢，别误会，我可不是说裤裆里那话儿又在耍嘴皮淘气起来。需要就是时候到了，要谈恋爱结婚生子，需要就是例行公事，需要嘛！总之人有我有但求就手饥不择食好来好去。至于什么生理需要、道德需要，诸如此类凡此种种煮饭洗衫当住家工人任劳任怨的事便大家心照好了。

于是懂得说“我爱你”的女人总会让男人觉得普通：不就是我是主人、你是狗（噢不，下人而已）的关系啰。女人呀，当你想表达你最深切的感情之事，当你受到男人那微不足道的小恩小惠感动得落泪流涕的时候，请把“我爱你”都收在心里，来吧，说句“I Feel Good！”(我感觉良好)。很多男人都把爱情当作一件工作，就像为了女人这事业拚命地争取。“我爱你”太过虚无男人难以理解，“I Feel Good”却好像上司对下属的表扬一样自然值得高兴。你越Feel Good我越卖力，那么女人，这时候你才像主人呀。

女人，多说两句“I Feel Good”吧。男人都像长不大的孩子需要你的赞扬。女人，请用你最迷人而深情的姿态向你男人悄悄说句“I Feel Good”，他一定会很高兴得要死。I Feel Good，噢，我又想到别处去了……

2002.8

神父、小偷和一次动武

在某个时代里，神父和小偷同样的残忍。他们对于危害自己的异己者都采取了最残忍的手段去置他们于死地。对于他们来说，异己者永远没有所谓“有辜”或无辜。

一个相信世界是圆的人是神父的敌人，在那个时代里面，他要被火烧死。而追捕小偷的人，在小偷眼里永远都是敌人，敌人不能活下去。他们不能活，因为如果异己者存活便有可能威胁神父和小偷。神父一直信奉的价值观将会被打破，小偷将为他的罪而受到惩罚。为了捍卫一些明明是错的东西，神父和贼都愿意牺牲那些无辜者和追求真理的良民。

为什么？因为神父有神父的法则，小偷有小偷的道理。在他们看来，他们所做的永远是对的。这个世界，没有真理，真理便是权威，真理便是我。真理，它藏在某些人的手里——噢，我忘了说:“在那个时代里。”

不，直到现在，一切从本质上都没有改变过。不同的只是，神父还没有他需要站起来捍卫的东西，小偷还没有作案，还没有被追捕。当他们与异己者再一次产生矛盾的时候，所有的事情其实都不会因为时代的改变而改变。关于上面的那些事，人类根本一点进步也没有。

其实，上面所暗示的那些不会改变的事情又何只存在于神父和小偷的身上呢？他藏于每个人最可怕的心里，像一个恶魔，永远召唤着人性最残忍和自私的一面。每个人都在狡猾地捍卫着或渴望着某些自利的东西，有些人暗暗地，有些人明目张胆地。世界在走进全球化，世界在走进灭亡。而我非常闪缩地怀疑，关于近日一次动武的理由。如果以上的言论有你认为正确的地方，我相信和平将死在几个人的手里。

2002.9

和左右无关

在一个非常“抵死”的故事里面，男的要经过很长的时间才可以找到女的，女的也像相思了几个世纪才在绝望的一刻找到男的。男的喜欢向左走，女的喜欢向右走。男的住在女的左边，女的住在男的右边。多么可笑，竟然要那么长时间才可相遇。

我是相信命运和缘分的，可是看到这个故事我还是禁不住莞尔一笑。请别怪我这个人太没情趣不懂温柔，在这样浪漫的故事里面，我竟然笑出来了。我就是现实得可以，有时对于所谓浪漫和动人的场面一点感觉都没有。但我们为什么不想想，关于“成事在人”和一些处事细节的问题上去呢？

爱向左走或向右走并不存在什么意义，它只会更显得男女主角的愚蠢和“发鸡盲”。一个充满智慧和勇气的男孩（或女孩）都能掌握自己的爱情（或命运）。命运或许会给我们一些难题，正如向着不同的方向走或许需要很长的时间才相遇一样，但妥善的处理和安排都能让事情美满地发展下去。如果你爱他/她，正如你非常紧张一份工作，你决不会在任何事情上掉以轻心，甚至一件极其微细的事情你都可以把它记得清清楚楚，更何况一个短短的电话号码。另外，要在茫茫人海中相遇，我想充满勇气的你是有能力在任何地方去让人发现自己的。不是吗？要么你没有试过在街上举旗呐喊，很尴尬？那你便不要为男和女不能相遇而难过了。没有付出，是没有收获的。

如果以上的解释你觉得过于偏激的话，大概你也不会相信我现在相当幸福快乐。我相当自信，因为对于自己喜欢的事情，我一直都在努力地争取。

那么男左女右的故事意味了什么？到目前为止我都把它当作一个笑话，我想象的男女主角都是左眼往右望右眼往左望的。对不起，着迷于左走右走的浪漫男女们，我又要发笑了。

2002.9

一种悲痛

有时，我会怪责自己的文字多么软弱无力，就连改变别人半点想法的能力都没有。或者，这一刻我还相当幼稚，我依然相信文字能改变人的灵魂，我依然相信文字能带领人通向真理。然而，我今天有点泄气了。

我曾不止一次地希望别人爱人，我像个传教者一样向人表明爱的重要性。即使你不爱别的人，你也得爱你的家人、你的父母。我一直认为，那是最基本的。可是，连我的亲弟，我也无力去改变他。我并不要求什么，只希望他能在细微的地方多去关注父母的需要，我只希望他能做事多为别人着想。

如果父母爱吃的，你会留给他们吗？如果有好的座位，你会留给父母吗？如果父母一时失言，你会原谅他们吗？你以为自己很聪明吗？你以为你自己很了不起吗？在这个世界上，就是有太多孩子以为他们上课非常辛苦，却觉得父母的艰苦工作是理所当然。现在衣食皆为父母所供给，颜面已至于此，我就更难想象当羽翼长成之时会是怎个模样。他妈的读屎片（请容许我多少带点发神经地说），我怀疑究竟在学校里学习可以带来什么，读过白居易《燕诗》，读过朱自清《背影》，读过那么多的书本数理 ABC，难道就没有人教你孝顺父母尊师重道吗？我看着他的长大，一天比一天聪明，每年都名列前茅，气焰便一天比一天大，家里的人他已经不放在眼内了。

我确信，我的文字已经无能为力，即使我多少次用文字向他（以至所有父母的孩子们）暗示、提醒、指导，那都只能徒然地成为一张张废纸荒落在无声的垃圾桶里。我想，反叛与自我的人永远不会明白作为哥哥的苦心。于是这刻我的文字带着莫名的悲痛变成了一种毫无意义的发泄。

我放弃了。

2002.9

现实的情况

从虚妄的想法看来，学业成绩意味了你认识得多少，意味了你有背书能力理解能力或者是考试能力（我相信是需要点考试才华与运气的）。成绩的用处，就是为了证明以上种种。

至于现实一点的话，成绩就是一纸见工证明，是筹码是身份象征（假设成绩好是贵族，成绩差是乞丐）。老板多多少少希望见到一些成绩表上有身份的贵族们，这是理所当然的。已懂事并洞悉世情的男男女女都明白了，在内可以知道自己学到了多少，在外可以令人对自己有信心，于是我们可以得出结论：读来的成绩，是你自己的。

不过，学业却不代表一切。见工搵食也不是成绩好就必定稳赢，像我这种不学无术满纸红字成绩表见不得人的学校乞丐有时也有一线生机。我就是厚面皮依然存有那么一点无耻的自信，敢于拿着那张卑微的“搵工证”去向大老板叩首。我既无后台亦无本钱可言，唯有靠我那张不要面的嘴巴向老板表示自己的诚意。语言是一种可以迷惑人心智的厉害武器，这时我们唯有靠它去隐藏自己的致命弱点——工作和成绩无关，实践才是最根本的，我要让你相信，我既选择了这份工作，便一定全心全意去做，而且做到最好。我的话语与眼光再一次打动了命运，它为我开了一扇幸福之门，全靠整洁的仪表、机智的谈吐和真诚的眼光。

是的，这个世界什么都有可能，每一天都是一个新的希望，别再叹息自己少壮不努力，不如勇敢地向前。你得相信，这个世界有很多比你学历低的人，赚着比你多几十倍的钱。我们是有希望的。筹码所余无几，那不如孤注一掷。

但话说回来，可以的话，同学们还是多挣几个筹码好。这个世界，也的确现实得可以。

2002.9

诗意生活

这个社会需要诗人，你不一定要读诗，也不一定要为诗做点什么，但你和我都需要诗人。诗人承载着这个世界，这个世界所缺失的、所遗憾的，都能从诗人的身上得到。为什么呢？诗人是那么神圣吗？诗人是那么重要吗？

不，就是因为诗人变得不重要，所以我们才更需要他们。在这个开始失去梦的时代里面，越来越多人遗弃了梦想，他们向现实中庸庸碌碌的生活走去，再没有人关注美丽的生命，所谓的美感、诗意、唯美的享受都变得非常次要，甚至已经消失。诗人给予我们一种似是特别的眼光（其实是我们所遗失的角度）去观看这个世界，诗人以自己独立的人格向我们展示爱与梦想。在这个世界里面，诗人便是一首诗，他为我们寂寞的心灵点起了一盏灯，温暖着我们的生命。

你不认识诗人吗？不会的。当你听到徐志摩的名字，那种轰轰烈烈的爱情会出现在你的脑海（那便是一首诗，那便是一首诗）；当你想起顾城，童话与童话的破灭都会展现于你眼前。而我还有郑愁予，那达达的马蹄声依然使我着迷，那美丽的世界与淡淡的哀愁使世界添上了一些温情和感性。

我想，世界是美丽的，诗人是热爱生命的。无论诗人是以活着的方式还是毁灭的方式，他都叫我们热爱生命、拥抱生命。如果这刻你依然为了生计而东奔西跑，如果你觉得活着痛苦，如果你因为客人的投诉显得烦躁不安，那时候，你需要诗，你需要音乐，你可以试着歌诵你的烦恼。或者你这刻会觉得这样太过可笑了，然而当你试着这样做，或者从那繁杂的人群中，或者从交通挤塞的车鸣中，即使是地盘的打桩声、凿地声，你也可以听到人间美妙的歌声与微笑……别管是归人还是过客，那便是诗意。

2002.9

繁忙的一天

星期三是一周里面最繁忙的一天，从早上八点一直上课到晚上十点。一天的付出当然是有收获的，一天的忙碌，我便可以空闲很多天。现在上课的排程是这样的，我有意地把选修的课都放在星期二和星期三。当然，这两天的课会非常密，但余下的星期四五六日一，那都成了我能自由把握的时间。在这样的情况下，对于喜欢写作阅读想事情逛街购书买唱片的人来说，实在是美得像背山面海十六比九无敌远景高尚住宅的生活。

在大学里头，可以自由选择学习方式是让人高兴的事情，大家过自己惬意的大学生活。有人说我这样苦了自己，于是他们选择了每天都上上课但课程不编得太密。只要我们喜欢，只要是在学校的规则范围以内，大家都可以发挥自己的创意去过自己的生活。

我总觉得，只要是积极快乐的生活，无论你选择怎样过都是高兴的。每天都获得一些知识，每天都能得到一些收获，那便不错了。大家应该知道，在大学里面，不是每个学生都是积极地过日子的，很多人浑浑噩噩地混，把时间花费在看电视上网打游戏机Disco泡妞按摩的地方去。早上不上课，晚上则迟迟不睡，学习不当作一回事就算了，连生活都不当作一回事。

整天在喊闷，全新的教科书尘封在书架的角落，其他地方放满了色情光碟和无聊的漫画。

编排课程？别傻了，他们上课和不上课都没有本质上的差异，他们也不会选择那些有意义的科目（他们并没有所谓学习的兴趣），他们在选择容易拿分的学科，他们在选择老师不点名的学科，他们在选择颓废，他们不选择反思。于是，他们不理解我的繁忙，也不理解我的闲适。于是，他们都不理解我为什么要到其他系选择别人的专业课，也不理解我为什么不和他们去玩。我也觉得无聊呀，当我觉得生活过于空虚的时候，而现在我相当快乐，我找到了适合自己的学习和生活的方式：

“Disco 我不喜欢，你要不要和我到购书中心去？我给你介绍几本新书。”

2002.9

给痛苦者的安慰

看到朋友失恋单恋苦恋暗恋，痛苦得死去活来，好像整个世界都要掉下来似的。那一刻我觉得很难过，就像整个世界那些失恋者都在我眼前出现似的。我想起了中学时代那些岁月，每当朋友觉得痛苦，我们一大伙便走到海滨一同坐在草地上、海堤边，互相倾诉心中的苦闷。然后回家，好好地睡一觉，醒来便没事了。曾经，我也是被安慰的一个，我曾经也听着友人劝我："别这样了。"终于，我在安慰声中长大了，我学会了自己复原，我学会了快乐，我拥有了自己舒怀的方式。

年少的时候总是多愁善感，我们花费了很多时间去追逐感情，我相信，这是无可避免的。同时，我们也无可避免地要接受失望。很多事都不是我们可以控制的，正如流泪一样，有时是难以自持的。命运常常带领我们去到一个又一个的地方历险，目的不是要我们得到幸福，它要我们学会快乐。当我们感到难过的时候，我们要快快站起来，再次拥抱自己的快乐。人生里面其实快乐的时间很少，如果把时间都用在复原上，再加上大量失望痛苦的时间，我们的快乐便剩余无几了。

快乐，是一件很个人的事，任何人都不可以叫你快乐，除了自己以外，没有人可以使你微笑。别人逗笑，只是你快乐的引子。真的笑不出来吗？那不要紧，至少不要太过伤心，至少不要太过难过，永远想着快乐的事情，永远向前望，向好的方向想，难过的日子很快便会过去。

而我，往往选择沉默。还记得一个月前我提过电影《我的野蛮女友》吗？把自己喜欢的人交给另一个男人那是多么痛苦的事呢。有人会选择自残轻生自暴自弃去发泄心中这种比死更难受的感情。而我们，何不学习一下男主角，静静地喝一杯，静静地在街上走着，静静地回家，沉默地想着一些灵魂才能意会的心事，那不是更好吗？别把任何事情都想得太过重要，这个世上根本没有比生命更重要的东西，没有生命，一切便不存在了。有些事随缘任性，有时比执着一时更好，说不定，美丽的事都收在后面呢。

2002.9

私人座位

每一堂课我总爱坐在同一个位置上，无论在哪一个教室，我都会坐在左边最后排靠右的位置，这几乎成了一种习惯，一种意识，一种在课堂上证实自己存在的象征。在很久以后，每个人只要望望那个位置，便知道我有没有来上课，同样地，每一次点名的时候，老师教授会自动往我这边望来：“这小子又逃课了。”

大学里面已经没有指定上课座位的规定了，每个人都坐得很随意，再多只会选择前一点还是后一点，很少像我这样偏执。最初被同学坐了那个位置，我都感到非常难过，不知道往哪里坐好。后来似乎大家心里都有共识（又或者我提早进课室）了，我又拥有了我的私人座位。在我看来，随便选座位和选定座位是有分别的。或者是我的占有欲的关系，拥有一样东西是很实在很有满足感的，而随随便便拿来便是的东西就是缺少了某种感觉，就像珍惜、珍贵等等的动词形容词。

在学校里面，大家都在苦心经营着自己的未来，有人努力地希望名列前茅，有人积极地开展学校活动，有人用心地巴结联系同学的关系网。而我总欠缺那份积极性，对于比较、竞争、巴结我都无力去角逐，我这个人就是太过随缘任性，有时也过于被动，对于太过刻意的事情，往往都带着一种悲哀难过的眼光去对待。对自己如是，对别人也如是。看着人们竞逐名利勾心斗角明争暗夺，我觉得世界（学校只是个微缩的社会而已）太可怕了，我要以怎样的心情去对付这些人事关系呢？有两次深刻的事情我一直都不能忘记，一次是我参观学校的学生会会长选举，一次是看到同学为了拿分数和老师搞关系，课程完了却连招呼都不打。世界有真诚的人吗？有，但不多，每个人或多或少都带着几个面具做人，你不戴面具的话，不是招惹损失便是被孤立。

其实我也世故古惑神经质得可以，既不想和社会合流希望做个真心诚恳的人，又处处怀疑别人攻于心计。于是我决定把自己的世界缩得小小的，我去争取——争取确立自己存在的桌椅，我竞争——我决意早点进课室。我静静地等待，当你愿意和我说话的时候，请走过来，我便向你倾吐。我想，至少在我大学的时候，我还可以保持这种天真和自我……

2002.9

唱片店的下午

闲来无事又到唱片店逛，整个下午都和店里的售货员在聊。一个月只得两天休假，每天要做十二个小时，除了包两餐之外月薪八百人民币。这样的生活我实在难以想象，在澳门，工资再低也有两三千元，即使在中学时替人家补习，一个月至少也可以挣到一千几百。除了说在内地的消费指数比较低之外，八百元实在很难过舒适的生活。

首先，至少没有消闲娱乐。一来无闲可消，二来没钱娱乐，这样的人生对我来说实在很难理解。就在这个下午，我已花了百多二百元（甚至更多，我已经没有去计算）在袋子里的一箩唱片上（对，是箩），这足已是她四分之一的月薪。在我看来，她是很痛苦的。当然，她也可能很自得其乐，在交谈的过程中，显然她对现在的生活并没有什么抱怨。她本可以去做幼稚园教师的，但心想趁着年轻先多学点东西。于是来到唱片店，领着八百元的月薪在学习中西欧美日音乐。她好像在这份工作中找到一种正如我逛唱片店一样的闲适，也找到正如我在家中听音乐一样的享受，而且她并不寂寞，和客人交朋友、聊天能给予她很多新鲜的知识。

对呀，其实即使收入不高，生活也可以很快乐的，在乎的是心态。听她说，前两天不幸卖唱片时收到两张一百元假钞，店里规定收到假钞是由售货员负责的。于是，四分一的工资就这样没有了。我对她说："其实你可以悄悄地把它找给别人呀。"如果这样的事发生在我身上，我百分百会感到深深不愤要发起无辜者的报复。可是她说："自己倒霉就算了，也不好去害人嘛，白白不见钱是很痛苦的，自己省着点便是了。"

要是我，便没有这种仁慈。在这个世界上，像她这种人实在太少了。如果世界上多几个这样的人，世界便没有战争。宽容、真诚、纯真地去看这个世界，无论如何都有美好的一面。美丽的广州女孩，在这个下午和我一起计算着发工资的日子，也一同想想放假有什么事情可干。我们高高兴兴地谈起自己喜欢的音乐，还有我们那些古怪的梦想。整个广州好像又再次洋溢着春天的气息，我觉得这个世界其实很可爱，我觉得人生并不那么痛苦……

2002.10

等待巨星

或者我常常说爵士音乐的话，大家并没有太大的代入感。那么我们来说猫王，猫王的歌好听吗？我自觉非常好，风靡万千歌迷的歌手可以有如此浑厚的唱功，听他的音乐很幸福，也常常使我陶醉其中。Love Me Tender、Always on My Mind、Are You Lonesome Tonight、And I Love You So，这些人们耳熟能详的歌，Elvis Presley一把磁性的声线，那圆浑的声音、那些轻轻的震音，就像把世界拉成一张开阔的画放在我的眼前一样，我会被这样的美境感动。现在的人看Elvis的表演，或者会笑他的台风古怪惹笑，但要知道，正是由于当时他的创意，几多年轻人纷纷仿效自己的偶像，多少年来他的台风与造型都为人所称道，他成为经典，常常被叔叔和阿姨提起。每一想到猫王，似乎他们年轻岁月中那些美丽的回忆便又重新浮现似的。每次我看到前辈们那闪着动人光彩的眼神时，我总会显得非常羡慕。

为什么我要羡慕？因为到目前为止我所接触的明星里面，有谁可以成为这样真正的天王巨星呢？没有。即使是谭咏麟、秋官，都已是我父母辈的人物了。然而他们都像缺少了什么似的，再看今日的歌手，就更不用说了。一个天王巨星要有气势，要有风格，即使是一首很平凡的歌，都可以被他的演绎而变成绝妙的作品。谁不知道李小龙，就是因为他有风格，从他的外形到演出都能给人留下深刻的印象。天王巨星能引发潮流、带起一种突破性的改变，我是一直这样认为的。这个世界不会再有成千上万的男生去剪披头士（Beatles）的发型了，时代已经过去，天王成为了美丽的回忆，然而历史不断地前进，所有的事物都朝着同一个方向进发，然而属于年轻岁月的美好时光却似乎失去了某种东西，以至我要回到父母的时代去追索。你很难要我去追捧时下的卡拉OK歌手，那种歌，只要拿起麦克风就可以唱了，甚至可能我唱得比他更好。

可能，一切都改变了，只是我依然执着于那些无关重要的东西。然而关于创新与那种不随俗有个性的偶像明星（不是那些大热天时穿冷帽左摇右摆的歌星），我依然抱着希望。不是实力派歌手、不是偶像派歌星、没有派别，他并不像谁，他便是他。我想他就在前面，并不远的……

2002.10

师兄

直至今日，我还是很不习惯别人叫我作师兄，正好今天2001级的朋友和我聊诗，要我帮他投稿。他不断师兄师兄的，使我很不好意思。我觉得大家年纪差不多，学识也差不了多少，叫我师兄实在是太抬举了。我总觉得自己是个永远长不大的人，无论是思想还是行为，总是保持在一个年纪升不了级。如果你说我像个高中二年级的学生，我是并不会介意的，因为我的成长好像在高二开始已经没有什么革命性的改变。

可是我看自己的师兄就是不同。师兄就是师兄，总是有那么一些气势和魅力。和师兄一起上课时，你见他气定神闲，说话是有板有眼的，于是你也就不敢造次，乖乖地一起听课。我最记得去年刚毕业的那位“大牛”师兄，他身高至少有一米八五，剪个军装头，皮肤黑黑的，如果我不说他是读中文系的，你一定不会相信。我跟在健硕的他身边，就像他的弟弟。而他也很有做哥哥的风范，有次选修的课和他一起上，下雨天课室又改了，但大家都不知道。那时候我刚第一次上选修，不知道情况自然很紧张，还好这件事就由师兄负责了，他叫我们先回宿舍，一有消息就通知我们。他撑着伞送我回宿舍，途中和我谈起文学，谈起自己喜欢的作家，还有他在《南方日报》实习的经验。

我觉得，这样的师兄才有资格接受别人叫自己师兄。师兄不是年级比你高，师兄不是年纪比你大样子比你凶，师兄可以很温和师兄可以很简单。但师兄要比你学识丰富，见识比你广，师兄能在关键的时刻帮助无助的学弟学妹，让自己的经验发挥效用。师兄嘛，总之在他的身上，你能学到你未懂得的，你能增进你已懂得的，你可以和师兄畅所欲言，你可以和师兄高谈阔论，师兄，也没有架子。

大概像样的师兄是很难找的。像大牛这样的师兄一年比一年少，我自觉不配挂师兄的名号。为了不再汗颜脸红，如果比我低年级的朋友见到我，请不要叫我师兄了，叫我明仔便行。感激。

2002.10

经验人生

因为黛西的关系，从他的网页认识了不白先生。不白先生，是一个人过中年半世都在香港生活的广州人、香港人。他谦称“不白”，原来意谓“不是好人”。不知道什么原因，我总是喜欢、也特别和年纪比我大的人谈得来。或者因为他们是前辈的关系吧，我收起自己的狂妄和轻浮，踏踏实实地和他们聊天，那种感觉和满足充实是不能从同龄人的交谈中得到的。

这多少和前辈的人生经验有关的。看不白先生的文章，我常常看到一些自己永远不能做到的沉实和深思。前辈就是前辈，说句话起来都是铿锵有力，既不过激，也不流于俗套。有话便说，一矢中的。看着自己那些文章东拉西扯无无聊聊的，有时实在是暗淡无光。不白前辈平实的话语中，却常常看到清爽自然的笔触。那些评论和我自己的比较起来，便足以看到何谓我的理据何其牵强偏激。

不妨到不白的网页去看看，那里面有文学、有议论，还有网主的一些照片。在网上，我特别喜欢看别人贴的生活照，好像从别人的生活中，我找到了和时间流动极其相似的感觉。照片记录了人生，也证实了经验。前辈漫长的人生，便是我们后辈一个永远开发不完的宝库。看着他的孩子、他的同学、他的兄弟一张一张泛黄的照片，我感到，原来人生是相当可爱的。

其实我们并不需要什么宏大的志愿，并不需要探讨人生是什么、我们为什么存在、存在又是为了什么。

那些都不要紧，要紧的是快乐地完成自己的人生。看着照片，仿佛便是照片对我说：即使只是完成人生一系列动作诸如结婚育儿，回头一看，那已经相当值得高兴。这种感觉，我想不白前辈会比我更清楚也更有说话权……

2002.10

香烟和两个男人

在这个“国庆”的黄金假期里，我在9月30日晨早乘巴士从广州回家。那是一个下着毛毛细雨的清晨，我出门的时间，大概是早上八点。每次从宿舍或从家里要到另一个地方，如果正好碰上下雨，我的心情总会难以解释地低沉。这天自我从床上起来，刷牙、洗脸、换衣服，我连半点快乐的心情都挤不出来。拿着行李：一点长袖衣服、几本书、未写好的稿子，还有一大袋这个月买下来的唱片。背起红色的背包，左手抱着绿色的军袋，右手撑伞。

已经一连下了好几天的雨，澳门的天气，不知道有没有那么坏呢？整整一个月没有和家人联络，不知道家里有什么事发生过呢？原来当一个人在旅途上，当一个人在街上走着，当一个不想说话心情不好静静地沉思的时候，世界会浓缩成自己，除自己以外的一切发生过什么变化都不会发现。转眼人便到了车站，连自己走了多少路走了多久都忘记。

早车通常都很少人，在候车间里面，有一个穿运动装的同龄人，有两个穿恤衫的男人和一对情侣，那个和我差不多年纪的人大概是个学生吧，满面须根。那对情侣的女方喋喋不休地和男方说着不能再多的话，我相信很无聊，因为他望着远处好像在想别的事情。而那两个穿恤衫的男人对坐在一角，我想他们是不认识的。肤色比较黑的一个拿着手机在按讯息，另一个在发呆。我不发一语地坐在远处，看着他们，心里有点冷。

然后，我看见那个发呆的男人拿出了香烟，放了一支在自己口里，再把烟包递向肤色黑的男人。他先是摆摆手表示不要，男人再把烟递向他，最后才微笑地拿起了一根放在口里。送烟的男人再为他点烟，然后点自己的。两个陌生的男人便这样交谈起来了。

同路人在旅途上互相照顾，这是很正常的。我相信这个世界是温暖的，只要大家怀着好意，只要大家都放开心扉。世界太多疑惑与猜忌，或者这个早上，雨水把世界洗刷干净，我才能看到这样美丽的情景。

2002.10

流行曲和回忆

我很少听流行曲，近来流行曲变成了怎样的情况已不那么清楚了。听说现在流行乐中穿插些古典、穿插些爵士，务求多元化，希望吸引多些乐迷。或者是我自己的心态变了吧，虽然现在的曲目都很不错，也出现很多动人的歌曲，可是无论如何还是不能使我热衷其中。从我几百张的唱片里面，要说我真的拿出来推荐的流行唱片的话，我只能推荐杨千嬅。

是杨千嬅，不是现在的，是以前的。或者因为那时正是成长中最深沉的时候吧。中学的最后一个夏季，向熟悉告别、向陌生走去。朋友在向我告别，陌生的人渐渐成了朋友。那时，遇上了《因为所以》《数你》《台北夜没有车》《有发生过》，也不知道是新唱片还是旧的，是谁送我的？我为何会买？那通通都不记得，只知道在寂寞的夜里，她陪伴着我，有时在那哀伤的歌中产生了共鸣，几度想过哭泣。那些歌里面有些什么呢？

我总觉得，那包含了我的成长，包含了人生故事里很多珍贵的图片。流行曲能够动人的地方，就是因为它伴随着你很多的回忆，它能令你回味，能令你记起。曾经恋爱，曾经一班好友在谈论着自己的梦想，曾经在紧张的学业中感到生活充实；爱上上课，上课有老师和同学的欢笑，上课还有窗前的她……

我无法喜欢 Twins，或者我们之间的感情差异太多。每次听到她们的歌，我反而会想起林夕填的《死党》："记得当天的死党，渐变堂堂男子汉，然后各有各手牵手爱得火烫；昨天忧郁小伙子，渐变豪情和开朗，然后挂念那段岁月和阳光……"

流行曲的魅力我是知道的，但在我心里面，已经有了属于自己时光的流行曲。正如村上听爵士和摇滚想起自己的成长、前辈听猫王、黄生黄太听粤曲、张老伯听古典缅怀自己过世的妻子。想起逝去的日子，我也会唱起那些熟悉的歌来。

2002.10

格子恤和爵士乐

要以怎样的装束来演奏爵士呢？是踢死兔西装服，还是T-shirt 牛仔裤呢？我想，这都没什么关系吧。信奉爵士精神的人都知道:Dawn every rule is the most thing of Jazz(爵士，最关键的是打破常规)。只要你喜欢，怎样都可以，在人类的框架里面，你爱做怎样便怎样。

不过以格调而论呢，踢死兔太拘束也太严肃，像以前的乐手"执"得肆肆正正，多少看来造作。但新作风的乐手又过于随便,T-shirt 牛仔穿上 Nike 球鞋吹 Saxophone 总觉得怪怪的。我觉得，爵士是一种处于中间性的东西，那种中间性，正是即兴音乐所追求的协调和谐以及自由创新激变的紧密结合。于是我说，玩爵士，最好穿格子恤。

平时穿得很随便的人，今天出奇地穿上了较之斯文的恤衫，显出异常的光彩。这不至于过分低庄。穿惯了西服的打呔族则来一些解放，脱去了多余的修饰，把自己真实的情感宣泄出来。想 Casual 多点的人可以随便些，那就玩 Free Jazz；还是有点拘谨那也不紧要，你大可以不那么前卫。爵士是一个很平等的聆听和演奏的地方，它最忠实于自己。而在音乐里面，那些轻浮过态矫揉造作的东西都给剥掉了。我们以平等的态度去对待每一个人，没有贵贱，没有贫富。他超越了国家、地域、人种，大家拿着自己擅长的乐器，大家拍掌。你可以听自己喜欢的爵士类型，这里什么都有。有人喜欢新奥尔良，有人什么都不喜欢只喜欢听朱古力广告的“Dream a little dream”、电讯广告的“What a wonderful world”那都不要紧，爵士而已，音乐而已。

我从爵士的精神里得到了启示，学会了谦虚，学会了爱和尊重。在地球上，太多纷争都因为很多无谓的想法引起，那源于很多不必要的规则，源于人性的丑恶。而你，能否摒弃那些法规，以宽容和平等的态度去观看这个世界呢？听听你喜欢的音乐，或者你会有自己的答案。

2002.10

我相信，互联网

网络上我相信是能够建立友谊的。可以说，很多的朋友、文友，即使不是从网络间直接认识，多少却是依着互联网建立起深厚的感情。我一直相信我的网友，或者，是我幸运吧，我未曾遇过那些有恶意的人。在网上留下电邮地址很多人都不太愿意，其原因是一来不想收到垃圾广告邮件，二来是不想借着各种渠道找到自己。这都是网上个人安全的基本规则。E-mail 和个人 IP 都是要十分留意的事情，可是我还是照旧在我的通讯工具和网址里留下我的真实 e-mail。垃圾邮件便随他吧，我亦不是什么大人物，对我不利也未必太不划算。正因为如此，我才能认识在台湾的黛姐。

黛姐至少比我大十多岁，她是台湾的传播媒体工作者，认识她是因为在自己的新闻台一篇文章被推荐的原因。她借着我台的 E-mail 在 ICQ 找到了我，于是友情便这样开始了。大家聊着很多问题，从文学艺术、传播文化到生活人生，黛姐就像一个姐姐在指导着我这个弟弟。

网络有一个地方好，便是没有年龄的界限。只要你愿意，谁都可以高谈阔论。有时在日常生活谈不到的地方，在网络上都可以得到满足。有时我甚至会觉得，有时隔着各自的面孔，我们反而能更加真心更加友善地说话。

黛姐说，她的一班网友一直在鼓励着她的工作，朋友的祝福，就仿佛在漫长旅程中得到的慰藉和喘息机会。我是多么赞同，正因为网络，我们打开了一扇明亮的窗，一同观看现实的世界；正因为大家无私的勉励，我每天都像注入新动力一样去追寻自己的梦想。因为网络上点点的联结，人不单在生活中更加充实，而且圈子也越来越开阔。有时寂寞的时候，我也会想起一班诗友，想起黛姐，还有一班在讨论区认识的英雄豪杰。

那一次，走到邮政总局得到黛姐的挂号邮包，拿出那本从台湾寄来的《恋诗 Pi》，那刻兴奋与感动的心情，长久地留在我的脑里。我知道，无论在天涯海角，知音总可以相遇的。你，相信互联网吗？

朋友，留下 E-mail 吧，别让人找不到你。

2002.10

给你给他给男孩和女孩

有时文学有太多技巧方法形式和步骤，文学的写作变得相当的吃力。对呀，文学是一门学问，所以有时很高深。但有多少人会去理解文学的种种呢？阅读不过是一个找寻历验和共鸣的过程而已，大家只是单纯的看和感动理解，其他别的都不重要。

我很喜欢到我的好朋友 Kary 的个人新闻台去，因为我觉得很有共鸣，那种共鸣比起哲学书、比起心灵鸡汤、比起一篇伟大的小说都要来得真切。他的文字不文学，但却非常动人；他的文字不细致，却异常精彩。或者那些评论家会把他放进垃圾桶，但我相信所有男男女女都会很快乐地阅读他的写作。

男人，能找到作为一个男人的苦与乐、付出与责任，有时会苦笑一声，然后拿着他的文章向伴侣耍耍赖皮逗乐一番。女人看了会感到伴侣突然变得实在安全与明亮有光彩；或者因此而感动一会儿，亲亲自己的男人，然后才于下一刻变回原本的野蛮女友。看 Kary 的文章，男人女人都会笑，整个世界都非常快乐。看到男孩的责任感和成熟包容，看到女孩的骚动与深情。

这样的文章便够了，如果我能写出来，不文学也无妨。那些触动人心深处的力量，要比什么技巧都高强，其实大家阅读都不为什么。能淡然一笑，那便值回票价。Kary 的文字，正是那种既不低俗而又不会高不可攀的写作；Kary 的文字，正是那些借着文字表达自己，记录自己的情感、放开自己拥抱的最好证明。每个人都有梦想、每个人都有希望。我觉得从 Kary 的文字里面，我看到这样一个男人的情感起伏。即使是一个如何强壮的男人，他还是有脆弱的时候，面对爱情、面对自己心爱的女人，总显得无能为力。无能为力，正因为爱。

希望这篇文章见报的时候，他会快乐地从釜山回来，告诉我们他为澳门打了一场漂亮的排球。也希望他的爱情和事业，平步青云。

2002.10

我的快乐生辰

今年的生日，我请了父母饮茶。我虽然没有经济能力，可是我还是用自己的零用钱，请父母吃了一餐。我感到快乐，比以前父母给我利是为我做大餐或到外面吃饭都要快乐，我觉得自己多少像父母的孩子了。现在的孩子，有谁不是想生日收礼物或者可以趁机从父母身上拿点钱，然后和一大班朋友出去狂欢作乐。孩子和父母之间的感情被分开了。而我，试着以自己的方式，向自己的同辈展示另一种快乐的方式。

老生常谈，有几多个孩子会在生日那天想到父母，有几多个会记得父母在这天所受的苦。产房内外，那种焦急与痛苦，只有当事人最清楚。我觉得，无论我们身在何方，在自己生日的那天，绝对不能忘记他们，他们为自己的付出，是没有什么可以被替代的。

那天因为是国庆假期，人很多，我提早在茶楼等位，最后只能找到一张大台和一对夫妇“搭台”。父母亲到来，大家点了喜欢的食物，难得地几个人好好地聊。父亲还是那样的无私，那样地爱我们，仍旧习惯于把好吃的点心留给我们，装作自己不喜欢吃。母亲拿着买了的《华侨报》，为我近来的专栏稿作评点。父亲在悄悄地听不加意见，我和母亲又像平时一样针对事情据理力争，虽然我常常有点好像被骂的感觉，但或者我这个人犯贱，不和别人作对总觉得“身痕”。

阿妈又要笑着骂我衰仔，我又会有点抱怨地说：“咁系丫嘛！”讨论令家里添了很多乐趣，父亲有时会忍不住偷笑，太吵闹的话他则会向我们说“够了”。隔桌的夫妇因为我们的说话也禁不住望过来，我想母亲会因为他们羡慕的眼神而暗自高兴。其实父母不求什么，一种自豪感已足够成为快乐的理由。而我，亦感到快乐，因为我多少尽了点做孩子的责任。家庭的乐趣，便在这里。这样的快乐生辰，是我二十一岁的好开始。

2002.10

当写作遇到瓶颈

我一向很少为自己的创作而烦恼，可能这是因为出于自发的关系，每每灵感是手到拿来、水到渠成，既轻松又愉快。怎样的写作会使我烦恼呢？如果说第一次有这样的感觉，应该要追溯到中学即堂作文的时候，有时碰着不是自己喜好的题目，真的会整整两节课连半个字也写不出来，这并不是奇怪的。可是又没法子呀，那些是我的功课，是不能不写的。避得过初一，走不过十五，最终还是要交作业给老师的。结果，拖了两堂之后，第三堂还是奋发起上来，火速地（也草草地）完成了任务，质素可想而知。

大家或者都有过这样的经历，只是对象或者不是写作，而是其他别的东西。我总不能像别人那样，爽爽快快地把事情好好地完成。这个世界上几难得才可以面对自己喜欢的东西努力完成呢，更多的是一个人要克服种种困难去完成一些自己不喜欢的工作。然而别人可以做到，为什么我又不可以呢？

今日，我再次在一份稿子面前遇到瓶颈，我已经把这件事拖了差不多一个月，可是怎样还是理不出一些头绪。我想，这一刻他们已经开始怪我，迟迟还是交不出稿来。可是在零乱的思绪、复杂的人和事、得体的语言等等的考虑底下，我应该怎样落笔呢？

我确信，我不能成为那些为钱而写作的写手，因为没有感情的东西我无力去完成，把自己的兴趣当成事业是很吃力的，我肯定不是那块材料。要写一篇自己喜欢自发的好文章已经那么难了，更别说写一篇既不是自发也没有极大感动的文章。大概，稿我是能交出去的，但我绝不会相信，那一篇稿能感动多少人。即使下一次，我的瓶颈情况，也不会有多大改变。

2002.10

不关历史事

有一天，在咖啡店看到一个非常典雅的电吊扇。回来后便问读历史的室友，电吊扇是何时传入中国的呢？然后得到的答案是：“这不关历史的事呀？你应该问中西科技科的老师。”

那一刻我什么也没说，只是“哦”了一声，但心想：这怎可能不关历史科的事，你说对这方面没有研究没关系，可你总不能说不关历史科的事呀。这明明是历史，即使我问中西科技科的老师，你还是会透过自己所掌握的历史资料去向指导我。好几天，我便这样在沉思着这件小事的意味。到底他读了这么几年历史系，学到了什么呢？

很巧合地，一个星期后，我到文学院的讲座告示栏里面，看到这个星期将有个老教授讲授关于中国扇历史：关于本土的扇种，还有对于外国扇的引入与改良。我自觉历史有趣的地方，便是因为它是一个真实的故事，人和事的变迁、一个时代与一个时代的交替，总能鼓着人的明天。因为通过掌握过去与现在，我们可以看到将来。借鉴历史是通向成功的一件重要事情。

那一刻，我很想回宿舍把关于这个讲座的事情告诉室友。然而，在路上我又止住了这个想法。有些事情，无论你怎样去把真相说出来，现实还是不会改变的。假设我向一个无意于学问的人大谈学问大谈书本研究，那根本是对牛弹琴；如果他对那样东西是真喜欢的话，追寻问题的答案将成为他人生的一种理想。因此，我是无需要说些什么的。要知道的，他自然会知道，经验告诉我，说出这样话反倒惹人生厌，我不想我的宿舍生活会因为一些小事而变坏。我继续看我的书，他继续玩他的网络游戏通宵达旦。

在所有的大学里面，总会有这种人，他们将在四年里，混到一个学位，然后对自己的专业，一无所知。

2002.10

第二种人

有些人，会很用心地教导你，希望你成才。他们用尽所有的方法去帮助你，或者处处为你的事操心，给予你大量的知识和资讯。这些人，总让你觉得太严厉或者太苛刻对自己要求太高，不过，无疑在艰苦的锻炼中，我们得到了成长与成功。

又有些人，他们表面上不会很注意你，偶尔只会跟你聊几句，好像对你的事一无所知。可是在暗地里，他关注着你每天的表现与进展，口里故作若无其事，实质对于很多事情都有独到的见解与看法。这些人，等待着我们成长，等待着我们有意识的探索，他们远远地望着你，只要你需要援手，他们就会到来。他们的意见和要求都收在心里，他不锻炼我们的意志和能力，他诱导着一种能力的自发提升。

我肯定，如果你一生能遇到若干个这些或那些人的话，你的生命将有很大的变化。第一种人，多数是你那无微不至的父母、很热心你的学习的老师，还有“威逼利诱”你追寻理想的“死党”。我想他们是对你充满希望的，而且更抱着绝对的信心相信你是一个人才，所以，你也不能让他失望。

而第二种人，他们肯定你的能力，却对你的成功持审慎态度，他们在观察你也在观察自己的眼光。而你在最初的时光里，也可能并没有留意有这样的人在默默地支持你；可是往后的日子，有意无意间你却会常常想起某人的某句话，而这句话往往起着一些引导作用，给予你一条开往明天的钥匙。他可能是任何人，包括你曾经觉得他毫无重量的人物。每个人本来就各不相同，有些人爱炫技，有些人则比较内敛，这是很自然，但却不能否定这两种人中都有高人。

武侠小说有例，除了要跟一个师傅学艺多年以外，没有高人指点，还是无法得道的。因此，当你要感激那些改变你生命的人的时候，请记住想想第二种人。

2002.10

老师的“恩赐”

我小学的时候有一件事令我印象极深，应该是二年级或三年级的事了。中文课的时候老师讲完了书，然后在堂上和我们闲聊，不知道之前说起些什么了，总之最后说到了西瓜。老师在这时候说起了我们班有同学从未吃过西瓜，今天她却请她吃过了。这是多么令人难以置信，一个人竟然没有吃过西瓜，我以为老师在说笑。然而，老师却道出了那个同学的名字，全班在同一时刻都把目光投向她的身上。

她在哭。望着老师久久地无声饮泣。我无法理解一个未吃过西瓜的人的感受，因为在我的世界里面，能吃到西瓜是理所当然的事，虽然我的家并不是很富有，但还是有能力吃到西瓜的。现在想来，生活极度艰苦的人到处都是，未曾吃过西瓜这回事其实是很平常的。

她是在感动吗？如果要肯定这个可能性的话，我首先要感同身受，当一个人从来没有吃到西瓜而有个人请他吃一口的话，那将会是怎样的心情呢？我想应该会非常感激那个人吧。我想她当时应该非常喜欢那位老师的。

如果她的泪不是出于感动呢？那么我想我会明白的，我们从来都不会喜欢别人在众目睽睽下把自己的悲哀弱点和疮疤揭出。即使他对我有恩，那种感觉还是会相当痛楚。他的赠予变成了施舍，那满意的目光变成了恶意的嘲弄。那女孩子会很难过，非常难过。面对着一个曾经对自己有恩的人，甚至在此一秒之前，你还想着要如何报答他的恩情。然而这一刻百感交集，你连自己的泪是出于感激还是怨恨都不知道。除了无声的迎来同学的目光，还可以做什么呢？

老师的话，足以影响一个学生。如果她会嫌弃自己的家庭或变得极具野心不相信任何人，那位老师则要负起相当的责任。

2002.10

柯川的最后勉歌

很多过去未曾推出过的录音，这几年各大唱片公司都纷纷包装发行。2001 年我买到了一张 John Coltrane 极为重要的作品 The Olatunji Concert。这是柯川有生之年最后的现场录音，在三十五年后的今天，终于与乐迷见面。根据 CD Booklet 里头的记录，这是 1967 年 4 月在纽约 Olatunji（一个教授非洲语言文化的中心，Coltrane 有赞助）的现场录音。三个月之后，柯川便与世长辞。很早，柯川便知道自己肝癌末期，然而他对音乐和根源文化的热诚，还是一点没有消退。他还是努力在有生之年为自己的理想作出贡献。

在这段录音里头你能感到的，是一个神级的音乐家对自己专业的热诚。柯川黄金时期的音乐一向带有沉思、灵性和一些形而上的哲学思维，别人总对它难以理解。然而他对音乐的执着和他音乐中的情感都是被肯定的。就是因为他的音乐对感觉和技巧同等强调，他延展的色士风声音让人感到了他内心深处最动人的生命情感。

在最后的录音里面，他在痛苦地咆吼，他在尖叫、在落泪。紊乱的节奏，在原始的皮鼓和低音的伴衬下，柯川在诉说着生命最后的寂寞和苦闷。他还有很多事情没有完成，然而已经是最后了，再没有更长的时间。我想起了他在 Stellar

Regions 里面那只有两个单音的前奏，静得几乎要虚脱一样的感觉，仿佛身边的一切已经不重要了，演奏者超然于外物。

这一刻我知道，情况绝不是如此的。对死亡本身而言，咆吼与沉默是相同的，因为死亡是一个结果。但沉默，它代表妥协；呐喊，却表示了坚持。柯川在反抗着，柯川正以自己为例证表明生命的重要性，他在诉说着关于一种人性的最高理想。

人生无常，生命可贵，这是我从最后演奏会里所读到的。柯川的最后勉歌，叫我们热爱生命；在任何苦难的面前，我们都不可以低头。

John Coltrane-The Olatunji Concert：The Last Live Recording

Impulse 589 120-2

2002.10

人际网中

中学老师来我们大学参观的那天，我和其他学友一起陪同其中。能看到曾经教过自己的老师当然是值得高兴，可是不知为何心里总觉得怪怪的。我常常认为自己是一个孤僻的人，虽然朋友们都认为我很乐天、很开朗、亦相当容易沟通。是的，从某个角度来说情况是这样。但每当在一个大集体或者人多的地方，我会很自然地沉默、悲伤。

于是乎在整个过程中，我无法融入整个参观团的集体当中，在近百个人当中，我只能静静地走着。我能够看到，很多同学走上前自发地跟老师教职员攀谈，认识的、不认识的，都可以快乐地寻找一些共同的话题。我相信我在大集体当中是个极其被动的人，偶尔老师走过来跟我聊上几句我才开口说话，更多的时候脑子里不知道在想什么。

对交际来说，这样当然不是好事，有时还会相当尴尬。就好像那天中午吃饭，邻座的一位老师围绕着一件艺术品想和我开展一些对话，然而我却无心于其中，大家都非常难堪。要知道，同台食饭相对无语，那是多么奇怪。假如情况是我和几个好朋友聊天的话，面对这样吸引人的话题，我一定又会变得滔滔不绝。或者，太多的陌生老师总使我不习惯，太多的人与人的联系会使我不知如何捕捉；我本来就不是个很主动的人，我亦不是那种非常勇敢的孩子。面对陌生，我会逃避；面对半生不熟，我又会感到不好意思。在那天，当大家都一个小组一个小组地聊天的时候，我感到孤独，感到好像那么多人中竟连一个知音也没有。

然而，我想茫茫人海中还是有人跟我想法一样的，当我独自在参观的路线中走着，我可以看到几个孤独的身影，和我一样等待着别人的慰问。我知道，我们不会互赠半句言语，然而只消一个对望，那一刻的感悟，已足够让人感到一丝安慰。

外国人喜欢社交“Social”，中国人比较保守。有分析说，和外国人很容易做朋友却很难去到较深层次；而虽然和中国人最初很难发展友谊，但一旦相熟了就很容易成为知己。现在的社交场合，或者会有这样两个影子在集体中飘散着。而我，依然被动。

2002.11

活动宝贝

今年明爱的园游会我们还是照常地参加筹款，摊位的游戏也和过去没什么大分别，人们也依然地踊跃。但在我看来，无论如何总觉得缺少点什么。从我开始加入这个团体以来，开展的户外活动每一次都少不了 Eleine，她被喻为我们团体的活动宝贝，能为每一次的活动添上不少色彩。活动，也变得更有意思。

不过，今年她决定暂时离开我们的大家庭，出外读书。自从欢送会以后，就再没有见过 Eleine 了。中秋的时候，她寄来了问候。我们搞 BBQ，也无法不想起她。只要想到集体，便必然会想起 Eleine。

今次园游会，其实成员间还是做得相当不错的。或者是我这个人太讲求感觉，缺少了一些东西，那种感觉自然是不同，与自己脑海里的美好回忆形成了对比和反差，也就多少有点失落了。我不习惯于面对陌生的来客，一向都是 Eleine 应付的；即使现在由其他同事担任，我亦觉得欠缺那种力度。Eleine 是一种群体的凝聚力，也是一种沟通的桥梁，有她在，过程总会比较顺畅。

我想，其实大家心里面都在想她的，特别是遇到一些困难和问题的时候，虽然我们知道即使 Eleine 在，事情也不会突然地迎刃而解。Eleine是一种安慰，而不是一种方法。在群体里面，有太多的难题根本无法用单一种方法去解决，然而安慰只需要一种，有效便足够了。活动宝贝的意义，正因为可以带来快乐，同时以自己的生命意义为每一次活动带来更深层的意义。

虽然我的话是难懂，不过，我知道Eleine给我们带来了友情。

2002.11

爱在华文学院的日子

大学一年级时因为学校制度更新的关系，我系要暂时离开校本部到附属的华文学院完成大一课程。最初我以这件事为自己的不幸，以为离开了校本部，等于变相脱离了大学的校园生活。可是，到如今，我觉得那种日子非常值得怀念。

华文学院人不是很多，但差不多全都是外国人和华侨学生。我住的是三等公寓，人不是很多，大部分都是港澳人。正由于人不多，大家的感情都很好。相反现在在校本部，宿舍人虽然多，可即使邻房的人，还是一点沟通都没有。另外一等公寓和二等公寓住的通常是东南亚国家的留学生。

圈子小有圈子小的好，华文学院里的人，在一年内，或多或少都可以熟起来。在球场上遇到的，也通常是那几班人。印象最深是那几个来自韩国的留学生（绝对的韩国男人形象），他们得分后会执拳大叫；而看到对手进了好球，会举起大姆指用半咸不淡的国语说“好球”。试过几次在校外碰到，他们会向我打招呼，大家都非常友善。我看着他们一伙韩国人集体去吃韩国烧烤，也感到非常温馨。

华文学院比起大学来说好像更加微缩，然而正因为更加微细，人与人的关系就更加细微。它不会像现在宿舍那种“隔篱而不相闻”，夜里在三等公寓里我们同层的七八伙一起煮快熟面、大家围着一起吃的情景，如今想都不会想。

太大的群体，很多事都变得不可能。也因为人太多，你花费了太多时间去判定一个人的好坏，以致我们无法亲近。华文的那年已经过去了，当然，我不会难过，灿烂的东西总是短暂，而事实上那里也有它的不便。

只是，最美丽的时光，怎不让人怀念。

2002.11

你没资格

罗文死后，他再次成为红人。罗文死后，他的唱片开始被一次一次地播放。罗文死后，连对他一知半解甚至毫不了解的人，都开始谈论他，听他的唱片。

这是个非常可笑的世界，正如一张女星裸照已足够令一本八卦杂志卖断市，正如罗文的死可以令过去嘲笑他的人从新认识他的歌。你不要笑，如果你在二十岁左右或者比之更小，我相信十有八九都曾经嘲笑过他的歌和唱腔。我还记得（在罗文未过世之前的悠长日子里），你们曾经因为我在卡拉 OK 点唱他的歌而笑我“老饼”，你们曾经因为我熟悉罗文的歌拥有他的唱片而为之发笑。电视台曾经因为罗文的形象创造出几个爆笑的角色，现在多好，罗文的纪念节目是严肃而没有半点讥笑的。一个人的死，可以改变生前很多难以理解的现象。

19 世纪英国作家王尔德说：“大众都有一种无法满足的好奇心，他们想知道一切——值得知道的事情除外。”他把群众那种浅陋和可耻的面目一语道破。如果你张着一对雪亮的眼睛，你一定会发现，谈论名人不是要追悼他过往的成就，他只是一种潮流。人们以潮流作为一种话题而并不会深究这个话题值得谈论与否。这就正如有人提议立刻给罗文追封勋章一样，试问，当潮流烟消云散，他是否还会被我们一如李小龙地谈论呢？

无论如何，时间能体验一个人的成就和影响，所有的一切如今言之过早。我只希望这种无知的潮流快快地流走。看着那些一无所知的人把死者挂在嘴边总觉得莫名作呕，如果你只会唱几首他的歌，如果你只会因为丢掉了几张罗文的经典黑胶唱片而直捶心口，你没有资格说话。真正应该知道的事情，你一件都不知道。

2002.11

目标

人生需要目标，目标可以放远大一点，这是一个过程问题，而不是结果。我总会为自己定下很多目标，无论最后我能不能成功，我从每一个目标的追求过程中都能得到一些经验和学问。就正如近来很想买支Soprano Saxophone，念头一到，便为自己定下了宏大的计划，预算自己在一年内能储下二万大圆，节衣缩食把这件昂贵的乐器买到手里。

当然，就连我自己在计划时都知道，这本来就是不可能的。像我这种挥霍的人要储这么多钱几率简直就是零，而且我自己的零用总计也无法负荷那个大数目。以一个暂时仍无赚钱能力的人来说，这个目标的结果很明显。

但是，目标还得定下来。定目标的原因是要使自己进步，使自己学会计划。即使我最后都储不够钱，但至少我知道自己在一段长时间里曾为一件事在努力。我知道我会为一件事情付出努力，而多少，我从这件事里面会得到收获——意料之外地储到比平时更多的钱。在这个过程中，我有了收获。

很多事情就是这样，只有当你的生命有了目标，你才有前进的动力。只要你真的愿意，只要努力向着自己的理想前进，美好的事情总在前头等你。因此，你一生追求的，可以促使你成长。你志愿成为一个消防员、律师、设计师，怎样也好，向着一个目标进发，即使最后不能完成愿望，但我相信，你的将来，和你曾经定下的目标，将有着千丝万缕的关系。

2002.11

原来，他是权威

在学期初的时候选修了一门《人力资源管理》，一共有三班。原本我是选了在晚上上课的，但后来由于种种原因，最后我被迫到了另一个老师的班去上课。我极之不情愿，最大的原因是这样的课程安排和我原先的设计有所出入，我原先不用上课的一天现在要添上这一堂课的日程。总之，一开始我便对这样的结果有些无奈与反感。我以极大的好奇心去选修这一门课，到现在却开始没什么兴趣了，只因为我进不了我想要进的班。

谁知道，我却因祸得福。

经过这几个月的课程，在其他朋友的交流中我发现，最初我想进的那个班的授课老师缺乏生气，教的东西照书搬。而我现在所上的课中怎样呢？我不能说他是最好的，因为最初的印象关系我多少有些偏见。但事实上，他的内容比我所上过的其他课都要丰富。老师是一个资深的人力资源顾问，经常为各大企业做评估和计划。因为他拥有大量的实战和临场经验，他能为我们提供很多独特又非常有意思的案例和事件。如果我把他上课时所讲的大企业员工勾心斗角的故事写出来，这足够作为一篇纪实小说的素材。

而我在“人力资源管理”的知识以外，更深地体会到世故、圆滑和一些做人处世的技巧性的东西。老师的样子好像什么事都不懂，有时上课前会花上十分钟在他的手提电脑的接驳还是无法成功连接课室的大屏幕。有时我会觉得他笨笨的，肥头大耳似“大老板”多于似教授。或者，这叫做大智若愚吧。

是真的，我以前常常觉得老师在课上讲“我曾在某某大企业做顾问的时候……”“你们的师兄某某那时候是我推荐他去某某大公司……”，我总觉得他是在吹牛。但有一天，当我打开报纸看到整整一版他“老人家”的专题访问时，我才知道自己有眼不识泰山。

这样因缘际遇，我又胡里胡涂地“执到宝”了。

2002.11

不是谁告诉我的

打开我收藏唱片的柜桶，我把一张张自己买回来的唱片仔细地回忆一遍，似乎每一张都有它一个小小的经历。譬如说我如何认识一个乐手，如何认识一张大碟。又可能我怎样从一次购物的过程中，在商场的广播器中无意地听到一段美妙的乐章，然后急忙跑到控制台向服务员要那张正播放的唱片的资料。不只是唱片，所有我拥有的一切都有一段美好的故事，特别是把它放在回忆中去欣赏，即使如何简单的一件事，都会变得非常有味道。

纯粹的物欲是极度无味的，因为它肯定出于追随某种思想或潮流。要懂得玩味生活又不落俗套，这就变得十分困难。我们可以得到的资料，常常便来自于报章杂志传播媒介。这不同于随意和偶然 Shopping 所遇到的精品，这是大众文化所给你设定的早已准备好的一系列消费。可能你乐在其中，不过想一想将有几多人跟你一样看了广告买了那件你认为很有品味很有风格的衣服之时，才发现其实一切只是包装而已。

这是我在自己的唱片中所发现的一个事实。小时候买的是流行曲，买的是电视常常播放的非常熟悉的电视剧主题歌，歌手是流行偶像明星；大一点学会了借助乐评人的口味去发掘一些精彩的唱片，但发现别人的推荐永远只能当是一种参考，其实这并不一定是自己所喜欢的东西。在这段时间里面，柜子里头多了很多听过几次就对它不耐烦打入冷宫的乐评四星级作品。

经过一段时间的学习后，终于我确信，如果想要属于自己风格的东西、如果想找到自己喜欢的东西，唯一的方法便是增加自己的知识。只有当自己能把握大量过去不知道的事情，你才能从那众多的资料中找到合意的东西。从别人诠释过来的思想，它会越发失真。只有通过自己的发现，你才无悔于自己的寻访。我想便是这么一回事。

2002.11

热情的服务，亲切的态度

那天去澳门机场，遇到一个很有趣的巴士司机。我很少遇到女司机，在我的记忆中我是头一次乘坐女司机开的巴士，也是头一次乘坐巴士去机场。在路上，她遇到同行的司机会打打招呼。在一个红绿灯位停下来的时候，她突然打开窗门问隔邻的货车司机是不是原本另一家巴士公司的。证实后她又略带感伤地自言自语说："唔怪得咁面熟。唔通俾人炒左。唉。衰野丫仲爬我头……"说时迟那时快，运菜的司机已抢线开过去了。

这位小巴司机好像总带着某些热情对人。刹车太急令乘客摇晃她会笑笑口地说："唔好意思。"在巴士站遇着有不熟巴士路线的人她会指导他们。外籍人士问路，她说："No，No，果边呀。"说普通话的人士问，她用不错的普通话回答："不经那里呀，因为塞车。"我坐在左方，常常觉得她的话是要对我说的。"哗，落紧雨仲有咁多人睇赛车喎"、"头先阿Sir应该早D比指示啦，等我地过埋个红灯嘛"。

在一个巴士站有个人上车问她，这车去不去某处，由于不途经的关系，巴士司机说："唔经架，你等X号啦。"当离站后，她才又发觉："弊喇，好似改路喎。X号唔得喎。哎呀。"我在她身旁偷笑。服务本身的好坏有时我们难以用一个划一的标准去衡量，就正如有些人喜欢宁静，有些人喜欢热闹。无论女司机是否错漏不出乌龙非常，我需要的是人与人之间的热情，我需要的是一种亲切而真诚的对话。

回程，巧合得很又是这位司机开的车，她笑笑说："又系你㖞。"

2002.11

态度・心态

如果你不认识马伟豪，那很正常。不过《开心鬼》《富贵逼人》《同居密友》《常在我心》《玉女添丁》，你总有一套看过。马伟豪，是他们的编剧、是他们的导演。他不是王家卫，不会和你玩高深。马伟豪十几年的作品都保持着捕捉目标观众的敏感，制造出一部部娱乐性极强的大众作品。

在一个专访里面，当记者问为什么他近年拍的都是爱情片，“拍爱情片，是因为市场。年轻人喜欢爱情片，我便拍爱情片，让我自由选择的话，我会拍一部讲中日战争的！”在港大读历史系的马生这样回答。

演艺界不等于艺术界，深明此道的人存活下来。理想和现实，有时都可以出于真诚，只要工作做得好便是了。没有人会怪责一个做事稳妥深得人心的人。相反，拒绝大路、自命不凡，不断地打着与别不同的口号，既没有观众，孤芳自赏，他又会得到什么呢？到底你是“不为”还是“不能”？

作品是给人看的，如果一件作品没人看，那么实在太寂寞了。读者在等待共鸣，作者在等待回应，那应该是最基本的。正如你完成了一件作品，难道你不会急不及待地和你亲爱的友人分享吗？那些从陌生者传来的赞美和批评，其实更加美妙。

近来我的心态好像放宽了，以前我非常拒绝流行曲。今日我听着罗家良唱《岁月的童话》(《流金岁月》主题曲)，我的感觉很好，再没有故作高深地谈论我那些爵士大师。如果一个作品能让人喜欢自然有它一定的理由，为什么我的作品却没有？这样想，有些事是可以比下来的。现在，我会带着赞美，试着观看世界。理想和现实，可以没有冲突。

2002.11

艺术是一个想象的空间

我近来看了一篇短篇小说，名字叫《舞台》。故事讲一个人在舞台上背着观众坐在椅子上，面前有一张书桌，书桌上有一堆稿子。这个人好像失去了思路，在一行句子未写完之前就停止了。然后听到拍门声、听到脚步声。台上的烟灰缸有一支染有口红的烟蒂，那个人在舞台上向左走、向右走。传声筒叫他说话大声一点，他吐出了整个故事唯一的话："现在，这里，我的生活，依然……"重复了一次。最后，他又埋头于自己的著作中。

无论如何，我都无法掌握这个故事的核心。然而，就因为这个故事难以把握，我觉得它非常值得咀嚼。我的脑海中混乱地出现各种想法，使得这个故事添上了某种神秘而不断地延伸与发展。或者，这可以叫做韵味吧。写这个故事的人叫罗伯·格里耶（Alain Robbe-Grillet），这是他的短篇小说《快照集》（1960）的其中一篇。格里耶以一种全新的方式去演释小说，不单只实践，同时他也以自己的论文集《为了一种新小说》解释这种观点——也就是现在所说的"无动机艺术"。

艺术到底是怎样的一回事，正如一个有着不同解读的故事，我们无法做出口径一致的结论，我们用各种不同的手法试图去理解，从而表现自己的想法。我们不能说其中任何一种有绝对对或绝对错的可能，只有可接受或不可以接受，只有受欢迎或不受欢迎。最后，我们只能用时间来证明一种事物的价值——即使我觉得，价值等东西本身就是常常改变的。

小说、虚构文本，可以千奇百怪，正如任何事都有千奇百怪的可能性一样。小说不同于故事，故事只是一个事件的交待，而小说则是包括了手法、角度等种种以人物、事件为载体的一个表现过程。因此，不要说那些你们不习惯的东西另类，试着发挥你的想象力，他们其实是同类，只是核心的东西放在了不同的地方，也许“你”在当中变得更有重要性。

2002.11

车内放屁严禁

南方人和北方人的笑话实在是不同，有时我看北方的喜剧作品，实在无法笑出来。有人认为，北方人的笑话比较含蓄，笑在骨子里；而南方人的笑话则通俗抵死，是爆笑的——是低级趣味的。我想大概是我们南方人比较灵活古惑韦小宝一点吧，又可能是北方人长得人高马大，我们则猴子老孙一点。无论如何，我是无意贬低任何一方的，既不是讽刺也不是暗有所指，让我们天真一点任性一点，让我王晶周星驰屎尿屁无厘头一点，好让大家轻轻松松叹报纸。

我觉得现在身处的社会就是这样，大家有时过于压抑在生活压力底下，太紧张亦太拘谨地生活了，一种不需要思考的笑话对我们是有帮助的，正如有些人无聊或想 relax（放松）一下会开着电视机发呆，这是一种精神休息，在一种毫无压力的状态下。前几天我在等巴士，看到很多的士在等客人，刚好有人在巴士站截了辆车，临上车前，我看到他笑了起来，然后叫身边的友人往车子的后面看看。我也八卦静鸡鸡望了过去，玻璃窗上贴着“车内放屁严禁”，“当堂”哼哈再呵哈一笑——又几得意吖。

古灵精怪有时并不是坏事，能带给人一种快乐的心情，绝对要拍手叫好。虽然俗气，不过想来谁又不用如厕食饭拉屎，拿最贴身的东西开个玩笑而已。生鬼的语言连珠妙语，个个唔暴躁，世界冇烦恼，不知几好。

我大概就是那种标准的无聊人，要不然不会对屎尿屁笑话情有独钟。听过“做官唔带长，放屁都唔响”没有？这种笑话我觉得好有深度㖞，那长字，是长官的长。要明白一点的还有这句：“两脚一伸，记得做帛金”，够清楚未？话也没有说错吧？哈哈，笑话而已，别介意。

2002.11

悲情“动力火车”

最能叫座的始终是悲剧，最能卖钱的始终是情歌。“动力火车”新出的情歌专辑《Man》，开宗名义说好了整张都是慢板抒情曲，好像等于对你说：“这次我是明赚你钱的。”听过看过主打歌《冲动》和其他几首的 MTV 后，我又像回到中学那时着迷于许志安男人最痛悲情万岁的日子一样，匆匆走去买过“动力火车”的唱片，来听听自以为情深男人的歌声。

我要怎样来介绍这张流行唱片呢？凌晨时分，房中一角，伤痛欲绝，痴情汉子。关了全世界的灯，弹奏最伤情的钢琴。“动力火车”，两个男人，以往用的电吉他、鼓，全部都放在一边，他们在宁静的夜里大声叫喊自己失落的爱情，以一种近乎残忍的煽情提起你在感情中受过的挫折，叫得声嘶力竭、叫得死去活来。太凄美了，我几乎跟着他们高叫：“为什么这样……”

在迷惘岁月“求恋期”的少男少女会为之感动。男人看到一个悲情男性可以悲到怎样的程度，女人则看到自己梦寐以求的好男人，让保守在心里的憧憬又悄悄地再跑出来。十年难逢一润罗曼蒂克的人就无谓听了，什么叫做“甘心被你玩弄”？明知被玩弄，又怎会把头撞到墙上去。这再一次证明，爱，没有逻辑、没有原则、没有理论、没有架构、不存在义务、更没有责任。“在后现代的爱情观里头，对等性是不可估量的，必然性是不可要求的，必要性是不可期待的。”便是这张唱片的最佳说法——就正如，我不知为什么会爱上你。

不过我相信，人是必定要经过一些探索、经验和分析才能得到成长。可能这一时期你对这种东西特别感兴趣，但或将来你又会将这些东西推翻。最重要的是过程。因此，这张唱片将必定成功并可能有以下两种功效：一、使你极其感动；二、令你回忆起一段年少轻狂的岁月。

2002.11

改变命运

当人一次又一次地受到挫折，我们多少都有点灰心，有时，更会向命运低头。没法子，我只能认命，除此之外，别无他法。或者很多人都听过一个关于算命的笑话，风水佬对客人说：“我看你前半生将会辛苦劳碌……”问卜者心想还有下文，风水佬接着说：“大概下半生……你将渐渐习惯。”故事就这样结束了。那个人会不会就这样认了，对以后自己面对的痛苦逆来顺受呢？

我试过在街上面被一个印度籍的阿差骗过钱，他说他是释迦牟尼弟子的弟子，还给我相片看他们的合照。然后他给我表演魔术，最后为我占卦：说我十八岁娶老婆，二十五岁就相当富有。最后他伸手要钱，我因为他说的好话打赏他十块钱。我感激他没有打沉我对明天的信心，同时我也非给钱他不可，以这种说法多少让我好过一点。这也是我第一次好像看到了将来。

当然，时至今日，我二十岁依然尚未娶妻（十八岁，不可能吧，害我怕了女孩子好多年，以为自己会奉子成婚），也不见得我将来会大富大贵，但我生活得相当高兴。命运不可能操纵在别人手上，别人的话也不可能就是真理。一切都尚未发生，一切都仍有可能。失败了，站起来；只要肯努力，只要你不计较自己的付出比别人多，你决不会输得一败涂地。

卡夫卡就曾经这样写道:“豹冲入寺院中，把祭献的坛子一扫而空;这事一再发生。人们终于能够预先打算了，于是这成了宗教仪式的一部分。”愚昧的人无法把握自己的将来，于是选择以一种迷信的方法了却自己的烦恼，这种做法是消极的。

那么真正能解救命运的是什么呢?是知识和智慧。他们能使你归纳出自己那些失败的理由去提升自己，他们能使你对自己有信心，他们能让你分别出哪些话可信哪些话不可信，他们也能使你分析，知道自己问题的所在。至于失败的原因，卡夫卡则认为，多半是急躁和懒散，懒惰尤甚。

2002.11

枯叶·寒风·烂报纸

有时和同学和朋友谈起自己生活的地方，常常感到无奈。无奈之一是，每当大家讲到潮流玩意儿的时候，大家会说近来香港流行什么、台湾的什么东西好玩有趣。我当然知道他们在说什么，我听港台歌手的音乐，穿港台的潮流服饰，基本上的流行文化都是张卫健、周杰伦。但是由于我来自澳门的关系，他们又无可避免地在话题中说些澳门的东西，我所能回应的却又异常之少。这是无奈之一。

无奈之二是，有一次友人和我在报纸中看到一些关于博彩政策的问题。他问我，澳门除了赌之外，还有什么经济来源。旅游？那么来澳门旅游的人主要是为了什么？问题来到这个时候，我想起了上次在问卷调查中所听回来关于前往澳门的目的的答案。结果是，我在场时所得到的回答除了过境探朋友以外，便剩下了“赌博”和“叫小姐”——没有观光。澳门能吸引人的地方在哪里呢？

最后朋友非常有趣地假设，如果珠三角地区都准许合法赌博，那么澳门将会变成怎样？澳门那一众从事娱乐事务的工人又将会怎样？小小的城市，往后有什么作为呢？我见识太浅陋了，以致我完全没有头绪想法与概念，我的脑袋好像空壳一样——什么都没有。噢，这便和我们亲爱的澳门突然不谋而合了。

那一刻，我只能想象到一个死寂而荒凉的昏黄城市。热闹的板樟堂空无一人，偶然有乞丐瑟缩其中。一阵风吹来，卷起了一地枯死的落叶和几张破烂的旧报纸，满街是旺铺招租广告和空置的铺位。结业弃置的门窗开开合合传来“滋滋”的声音。几只野狗在汪汪地叫，一个人抱着包袱行色匆匆，他要赶上最后一班离开的船……唉，假设而已，我不愿再想了。

2002.11

卢域斯基的不二决定

实在受不了，我小时候看的篮球节目都是实实在在的篮球节目；如今，竟然一个篮球节目每节开始结尾都来介绍篮球服饰，不是炫耀技艺而是炫耀包装，这是哪一队的运动衣、这是哪一队毛巾，实在让人作呕。当然，我相信这只是不幸被我看到的一个节目而已，我想现在的节目和过去的应该没有两样——都会为你送上好的赛事和精彩的花絮。

可能世界越来越物质化、个人化了，好像很多以前理所当然的事情都变成了未必。就以刚才所说的篮球为例，以前美国梦幻一队高手云集，米高佐敦、拉利布特、魔术手庄逊等等，个个都为成为国家队而光荣。如今职业球员竟然可以因为球季结束不想太累为理由拒绝为国家效力。大家都以自己的利益为出发点，把一些非常根本的事情给忘记了。

经过这些天，我终于原谅了王治郅。噢，他没有错，是社会的错、是美国的错、是 NBA 的错。我拒绝相信王氏的“反骨”转而相信他的无知和纯情——是他们教坏我们的巨人乖乖。

卢域斯基呢，又是另一个到 NBA 打球的外国人，他来自德国。为了在这个残酷的篮球联盟生存下来，经理人为他买了一份高额的受伤保险——受保条件是他只能在 NBA 参赛。但卢域先生一听到世锦赛要开始，二话不说取消了这份保单（为此他还要给保险公司赔偿）为国家出力。

这和日耳曼民族的习性有无关系我不敢肯定，正如我依然相信大部分中国人都十分爱国一样，个别的事件无法显现事物的一般性。但是，卢域斯基的做法确实极其值得学习。在这个越来越多人只关心自己的社会里，任何一个国家、任何一个民族的子民，都很需要为此反思。那些无根草，未知何谓家国。

2002.12

传统·不传统

通过传播媒体，很久以前有香港光头麻辣教师什么Sir，翻天覆地要和传统教育制度搞对抗，跟学生上K落D食烟爆粗“活动教学”。听说，那个什么Sir认为这样可以融入学生群，可以知道他们的兴趣和需要，可以借助同理心建立起同学的信任和对学问的追求，这样便能使同学健康地成长，好好地学习，既是娱乐，又是工作。多酷！终于，家长受不了这个“被传统教育长期压迫的教育工作者”；终于，阿Sir要在电视台做小丑赚钱过活。阿Sir到底是含冤莫白，还是罪有应得？

不如看看另一个“非凡”教师。同样是中学教师，内地出现了一个自家刻印教材的热诚教育工作者，他喜欢带学生到学校三里以外的地方去感受生活，去体验，去学习中国语文课。他的非凡不在于追上学生的潮流，他的非凡是以不同的眼光和视角为自己的课堂添上不一样的色彩。他愿意花费自己私人的时间和学生一起交流、辩论、分享。听说，以上两位阿Sir都深受爱戴，香港的什么阿Sir和同学一起去“威”，内地的王泽钊老师苦心地钻研最好的教材和读物，和他们一起投入快乐的学习过程。

我们都无法肯定，到底谁真谁假，传媒的话常常使人半信半疑。又听说，王泽钊老师带的班高考成绩总是十分好，家长也没有意见，但他还是受不了同事的意见最后辞职了。然而这都不代表什么。我觉得，真正具说服力的是，老师所带来的活动教学背后的深层意义。王老师说，课堂应该是一个乐园，他希望同学们能从中享受语言带来的艺术，能带领大家走向另一个境界。教学，不是单向的融入，而最重要的传授和启发，对于传统还是新派的教育来说，这都是不二的宗旨。孙绍振教授就说过："课堂是乐园，但乐园并不只是游玩而矣，他的快乐必须经过艰苦的磨炼和自发的探索才能得到。因此最美丽的乐园，都要通过但丁地狱。"

也就是说，如果一种新的教育只能使学生安于享乐而无意深入求索的时候，那么这种轻松的学习方法实则无法承受。美好的学习，都是既快乐又艰苦的，仿佛完成一道艰深的数学题。新教育可以不同的形式培育学生，但并不代表完全放弃传统。传统自有其可吸收之处。

2002.12

他就是孔祥东

不知道是去年还是前年，国际知名的中国钢琴家孔祥东曾经来过澳门演出，当时从传单上看到“孔子第 x 代传人”的标语。因为这句话，那次我没有买票进场。我的理由是，真正有料的人，没必要叨前人的光，高手自有其特立的风格去吸引广大的观众。我并不熟悉古典乐坛，因此一直对孔祥东一无所知，那时候，我怀疑这场音乐会只是三流乐手过埠捞金哗众取宠的手段。

很久以后的今天，我终于知道孔祥东所谓何人，他是真正的高手。他确实于古典乐迷心中有其重要的地位，至少没有人怀疑这个中国琴手的能力。在一个电视访问里，节目以“一个不安分守已的人”来介绍孔祥东：他表演不穿燕尾服穿中山装，热爱时尚服装，注重形象；同时，他为古典音乐注入了很多新元素、也为古典音乐带来新形象——不那么古板和严肃，它可以非常生动和有趣。

当主持人问及孔祥东关于一种类似流行音乐的形象问题时，他这样回答：“我认为演奏就是一场娱乐，他应该接近群众。古典音乐其实是非常美妙的包装，问题是他太没有包装了。形象和包装是极其重要的一部分，这可以把那些美好的东西交给听众。当然，没有实力的哗众取宠则完全不是这回事。”

一个三十三岁就成为大师的乐手，他对自己的专业有一种别样的抱负。事实上，古典的天地确实是乐迷的宝库，我常常听到那些精彩的乐章，苦苦想找出那些唱片却无奈对古典音乐一无所知。我们需要更多帮助，而宣传、包装，还有孔先生所说的“一种音乐的定位与策划”将大大为乐迷提供方便。

不过可以肯定的是，形象和宣传确实不可过，为此，一个伟大的乐手可能要为之付出沉重的代价。而我也因为“那个x代传人”的标语，错失了聆听大师动人琴音的机会。听说，今年他在台北演出《黄河》的时候，几多人为之感动，那些老国民党为激起一种深远的民族精神而数度落泪，掌声如雷。既华丽又有实力的孔祥东。

2002.12

温情的鱼汤粉

因为读书的关系，以往很多经常光顾的食店都已经很久没去过了。难得这个星期回来澳门，我重返了中学时代常常作为中午饭堂的一家店子，心里有着非常特别的感受。老板和老板娘的招呼依然周到，他们都没有忘记我们，老板娘说起我弟弟的成长，说起来弟弟第一次来这里吃饭的时候他才刚刚上初中。转眼间就四五年的光景了。

我呢，也是从初中二年级开始光顾这间店，由于下午常常懒跑回家吃饭，于是经常借口留在学校再到这间小食店吃饭。称它为小食店，因为这里卖的东西只有几款：鱼汤粉、椰汁鸡面、缅甸捞面，午饭则增设一些东南亚的饭菜，十三元有饭有肉有菜有汤，而且汤和饭都是任添的。来这里吃饭，就好像在家里一样，可以和熟客、老板聊聊天，有时和同学朋友斗斗食量，那段日子的确相当快乐。

后来转校之后便少到那里吃饭了，除了有时兴头起非乘电单车来这里过过口瘾不可外，午饭一般都在家里或附近的快餐店进食。我记得有一次中午又来到鱼汤粉小食这里吃饭，遇到了以前学校的英文老师。他是菲律宾人，也是这里的常客。重遇的我们谈起大家的近况，我们聊得相当高兴，他用他那不太标准的广东话，我又试着用极不流利的英语说话，场面就像初中时一样。我没有变，他也没有变。

我之所以喜欢这里，便是因为这样的感觉。七年前，这里十三元任添饭任添汤；七年后的今天，依然十三元。七年前，这里可以遇到知音好友；七年后，这里依旧。我总能在这里找到一些往日的岁月，从我的成长、老板娘的白发，还有客人的些微改变。就是那一点点的感觉，使我常常想起这里，也对这里的一切极有热情。

味道？我当然会说“冇得弹”，但更“冇得弹”的，是这里动人和温馨的人情味。这是吃了这么多年吃出来的，你也不妨来试试。

2002.12

老化的记忆体

考试令我最困扰的问题莫过于无论如何背笔记也记不起来。好多年我在试题中要背下来的东西都使我抓破头皮。天呀，明明昨天背过的。当然，我亦无谓告诉你我曾经如何努力去尝试过，毕竟事实胜于雄辩；而事实上往后的日子我还是把要背的东西放弃了。我当然知道这样是不应该的，但明显地，考试只能一次又一次把我的“大脑闭塞”表露无遗。

这相对于我的考试恐惧症来说来得更加严重，也极有可能，恐惧是由于我这种背诵“弱智”所引起的。背诵是一种很好的技能，不妨再提一提曾经说过的一本书，哈里斯在他的自传体小说《我的生活与爱》里面便记述过，他凭着过目不忘的天赋，得到过很多次生命中重要的机会，这些际遇使他一步一步成为出色的文学家。不过，哈里斯也提醒过自己的读者，这种背诵的能力同时也会破坏一个人的创造力和想象力（因为脑子里有太多别人的东西）。

从客观上看，记忆力好实在是利多于弊。能背，给人的感觉是认真、勤奋和踏实。耍小聪明谁不会呢？但记性好却不是人人都能够。就算写文章，能记住几句名言借一借前人的话，作品也会显得更有力度与味道，这又什么不好；当你无法创些特别的东西出来的时候，名人的一句胜过你十句。

事情就是这样，什么东西多少都和记忆力有关系，要不然那些记忆力训练讲座开来干啥。缺乏这种能力的人，等于让对手半臂，如果不尽快改善，情况将越发恶化。归根究底，我就是从小不把背书当一回事，以为过得去便算。头一年可以和别人只差一点点，越往后就背得越吃力。结果，别人背一小时的东西，可能一天我也完成不了。

我亲爱的同学们，虽然背是笨功夫，但还请用心地背些东西吧。将来，我们一定会觉得非常受用的。

2002.12

从格斗到人生竞技

我一向很迷格斗的玩意儿，特别是空手道、柔道、柔术、中国功夫、摔跤，甚至是相扑，可能家长和同学很多都会认为暴力，不过我还是对这些非常着迷。不过由于大众都对这样节目反感，因此难得地有几次摔跤的节目深夜播出，结果出来的都是表演性质，其他的比赛在电视简直未有听闻。

近来，在电视机中我搜寻到一个频道，完全满足了我的需要，实在可喜可贺。我并不会推荐给孩子或心智尚不成熟的甲乙丙丁，没有层次的人只会从这些节目想到龙虎武会、黑社会、戒毒所、寻仇、收数、“㨃友”、古惑仔。这一如泰拳比赛无法在港澳两地兴起浪潮，我明白，也并没感到任何不妥，这是应该的。

不过，这拳脚功夫能使人热血沸腾是无可置疑的，如果我们能像一个武道家那样去看待一次比赛，自然会从中体会到无数的道理与哲学。攻和守都只是一瞬间的事情，或胜或败，都取决于每一个动作和决定。何时进、何时退，成就了生死胜负（请容许我说得武侠小说一点）。这难道不就是人生吗？站在擂台上，我们无路可逃，人自生下来便要在生活的旅途上作战，有些人的起点高，有些人起点低，起点高不是稳赢，起点低亦不一定输。不断地锻炼自己挑战自己，成功、失败，一切的血与汗写成了我们的人生。

这样美丽的事情难道不值得赞美吗？我喜欢擂台比赛。散打运动员和拳击手倒地后或纠缠在一起会有裁判计时或把对手分开，然后才扬手再比赛。人生倒下了，就要自己爬起来，爬起的时候仍要面对风雨。混合格斗的选手拍地可以示意投降，但人生却不可以投降。人生是残酷的，这绝对比格斗擂台来得凶险，但你不要怕、不要逃、不要向命运屈服。

难道你看不见吗？台下的观众都在为你欢呼喝彩，他们都为你打气，你就甘心被命运绊倒后拍地投降吗？和格斗比赛无关，生命的战斗不会有致命一击和致胜关节锁，只要你不服输，精彩的人生将一轮接一轮。回首一看，一切将会异常精彩。

2002.12

怪·格

“我很怪，所以欣赏别人怪，这完全是我这个自恋狂的移情作用问题。别人越怪，我越崇拜。”当我听到这段话的时候，我相信，原来世界上称自己怪的人要比自称是正常的人多。我同意人应该有点点奇怪的。或者不用奇怪这个词，用特征吧。怪，一来可以让人更容易辨认自己，二来是一种特色。适度的怪可以使一个人更加有趣，而有时候，我们称之为怪的，只是因为某种行为和一般人的行为有所不同而已，并不代表那是坏的或错误的。

我喜欢卡夫卡、尼采、弗洛伊德、村上春树，孙悟空、渡边彻、唐·吉诃德，从不同的角度，以上的人物虽然有真实有虚构，但都显示出一种风格、类型（style）。在文艺学里面，这种叫做典型的东西所吸引人之处就是，他们既是特定的个别，同时在行为和表现上都具备一般人所带有的相同性，既有形象又显得亲切。他们有时被叫作奇才，有时被叫作怪人。当别人问起某个人的时候，我们无法立刻形容出一个“正常”人的特征，“怪人”却绝对没问题。“他很搞笑的，当你和他说话的时候他总会不断点头”、“这个怪人一开口就跟你背诗，吓死你”、“满口之乎者也的就是他呀”。一个怪人的形格，绝对有其值得谈论的地方。

在这个越来越沉闷、好像什么东西都无法引起别人兴趣的时代里面，风格是非常重要的。只要不造作、自然地显示自己的个性，它可以强化自己的交际。我们无法过一种完全自我的生活，因此就离不开交际和沟通，也就离不开装点自己。不是虚假，是包装是基本形象的问题，我们要有“格”。不是衰格、不是贱格，我们要有的格是一种达到令人赞美的“格”。要做到这点，自然扮不出来，没有渊博的学识、良好的文化修养和品德，别想取得别人的赞美。

格是人的性格、行为、谈吐、品位，以及生活整体表现出来的感觉。格这东西，好就流芳百世，不好就遗臭万年。昆德拉的小说《不朽》就以歌德、海明威、莱蒙托夫的故事去表明，作家的形象和风格有时比作品更长远地引起别人的注意，在死后长时间地活在别人的心里。在小说里面的人物保罗便说过：“我对人物传记更有兴趣。”

没风格，无人记得你。格，会成为你的标签，有些标签会吸引别人靠近你，有些标签却像三级片儿童不宜闹鬼危险有毒高压电流生人勿近般让人见而却之。那些都是你自己选择和设计的。人们说你是怪，多少算是正面的。人们说你贱，你就心中有数。

我不怪，但同样欣赏别人怪，引用法国诗人波德莱尔的一句诗就是“我听命于改不了的禀性，窥探 / 奇特的人们，衰老却惹人爱怜”（《恶之花》，小老太婆——给维克多 · 雨果）。可见，这就和好格衰格都无关了，我只是一个出于对人的好奇心而形成的人物形象收集者而已。

在我长期的观察下，别怕，我不是说过吗，这个世界怪人比正常人多，也就是说，有格的人比无格的人多（我先不理你是什么格)，因此，你没必要再惺惺作态、标新立异地做些引人注目的事情，事实上，你已经有自己非常醒目的形象了。我喜欢别人形容我的时候，只用短短的几句话:“他人很好，谦虚，很有风度。”但愿，以上所说的，真的是我的形象吧。

记得也有人曾对我说我人很怪，现在想来，一定是因为这个世界好男人越来越难找了。一笑。

2003.1.1

精神病·2003第一个梦

姚明作了个棒球式的长传，摄影机对准了他的脸作了个大特写，这是一个美妙的助攻，评述员在滔滔不绝地说起种种数据，球场里反复亮起他的名字，全世界的球迷为之疯狂。与此同时，朗拿度正好越过几个人的包围突破到禁区，龙门勇敢地迎上前去，皮球停在空中，要么龙门勇救险球，要么一个巧妙的射门得手。

现场突然漆黑一片。

当灯再亮起，球场里发生骚乱，有球迷冲到场内抱着龙门不放使他无法救球。球进了，到处亮起不同运动牌子的广告，场边的人大叫造马却并不为比赛而悲哀，他们一同撕破手上的体育彩票，然后把附近的玻璃瓶、胶椅通通抛到场里。运动员落荒而逃，但朗拿度因为广告合约的关系必须留在场上。众人向着他的方向冲来，他望着天空在胸前打了个十字，口中念念有词地祈祷。

听说，这个朗拿度是假的，这是几年前因为合约复制出来的假朗拿度。同样的，这个场景也是假的，这是我用文字复制出来的多隆世界。当然，真身与复制品是有些差别的。这里，人们把一生中几乎一半的时间停留在电视机前，他们会在电视中观看别人的人生或把自己的人生搬上荧幕。他们喜欢对着电视跳 Aerobic，他们喜欢看世界地理节目讲述天下间不同的人和事。这里，没有人对真实的东西感兴趣，他们喜欢的是物像，他们喜欢的是视觉而不是感觉。

不知为何，我常常在夜里想起这些无聊的事情，并常常为之无法入眠。每每正要和“周公”见面，日有所思夜有所梦的种种事情都会突如其来地乱作一团。试过好几次，仿佛已经睡着了，不久眼里却出现了无数个大大小小的电视机，把全世界在这一刻正播放的节目摆在我的眼前，耳里依稀听到熟悉的歌声，“唏呀唏呀唏……唏呀唏呀唏”。

再一次，我被薛家燕的大特写惊醒。救命呀，放过我吧，我明天还要考试呀。

2003.1

通通不残忍，个个是好人

——禽畜的平反和我的处世态度

到底吃鲸鱼肉算不算残忍呢？怎样才称得上人道呢？吃牛吃猪吃鸡和吃狗吃猫吃兔有什么区别？每当我告诉别人我从小就喜欢吃狗肉，大家总露出一种非常怪异的眼神（正如这刻的你），好像在说我真是怪胎，竟然可以吃得下不会作呕。好残忍呀，对吗？人们说，猫狗兔之流是有感情的，实不忍心下手。人们说，鸡牛猪之类是家禽，是可食用的，这很自然。

放屁，这很自然？！放屁当然自然，上面的却并不理所当然。为什么鸡牛猪生来就要为人所食？它们出生的目的是什么？难道它们生来就没有自由了吗？有人便认为，天下间最可怜的，不是那些快要绝种、不是那些常常被捕杀的动物，至少，在它们没有被捕之前，能过着一些自由的生活。最可悲的是家禽，因为自它们出生以后，便有一条注定的命运道路在等着它们。我们人类所一直宣称要崇尚的自由，到底是怎样的一回事？有一种动物一生下来的意义便是被杀的吗？

我相信尼采的一句话，人类的道德只对同类负责，所谓的善只是一种等级秩序的因素。我们废除了奴隶（不，新闻有报道依然有某些地方在奴役同类的。而事实上，奴隶依然以不同的形式和包装产生），但这只是基于同类而言。对于可怜的家禽，我们连等同普通动物的待遇都没有。没有人会因为吃掉一只鸡而悲哀，却有那么多的人会为吃掉一头老黄狗而上街游行示威。人道主义是什么？我宁愿信奉尼采。

这是个多么人道的世界！？总有人会在背后反驳我说："它们是动物呀，怎能以人的价值去想呢？"

对呀，那整个世上的生物，难道就有高低贵贱之分吗？我对于一只狗、一条海豚和一只鸡，保证表示同等的态度。物竞天择、适者生存，大家都有在这个世上自由生存的权利；同时，命运将决定所有生物的死生。生物间通过自己觅食的模式去得到自己的食物，顽强者留下来。保护动物的意义到底是什么呢？是人类对于破坏外界事物的保偿，还是保留一种供我们欣赏的价值，继续在生物中显示其主宰的地位。

如果鲸鱼很多，而我们大部分人都觉得好吃的话，把它们当正餐会不会是一件残忍的事？如果一开始猫很肥很美味，猪很瘦非常灵敏机警，现在又会成为怎样的世界呢？所有的价值本来就没有准则的，我们只是在前人的成果中发展和改进。哪种动物多，就多吃一点啰。哪种动物少，繁殖难，就不要杀那么多，其实就是这么一回事。吃什么东西作为你的食物，在本质上是没有差异的，只要你觉得美味便是了。你和你的狗有感情和关系，自然就不会吃它，正如美国政府不会空袭美国（但一只狗会对一只狗动手的，明白吗？）。人也就这样，所谓的自由、爱、平等，都是非常偏狭而没有绝对的。对一件事物的喜好憎恶，由于种种的社会、生活和人文的因素，都使人人各有不同，没有绝对好或绝对坏，分别只是对于大集体有利益或没利益。至于说到一种"集体"的定义，那就更加复杂了。

但可以肯定的是，排异者都是暴君，他们逼使别人接受自己的观点，按照自己的方法行事。世界太大了，这不同于以前小小村庄里面几十户的小小村民的小生活。不同的种族不同的声音现在使一切理念众说纷纭，南半球的神是臭虫北半球的神是头虱。我相信纳同存异是和平的最佳做法，你不喜欢的事情，你可以不做，但不能禁止别人——这算不算一种基本的自由？温和地发表意见，耐心地达成共识，我想这便是人之于动物的分别。

你是人来的，那就请不要那么野蛮。

请给予家禽和其他动物同等的待遇，如果你们真的尊重生命，至少不要把这种进食当作理所当然，却又把吃其他动物当成罪大恶极。而我从来不吃那些稀有动物，不是因为爱护动物的宣传，而是因为它们不好吃。

过多地产生负面态度，时时表示讨厌、不满或憎恨，有医学报告说很容易生病的。人性多温情，世界多温馨，圣诞快到了，不同的宗教一样可以普天同庆，不同的国家看着同一个天空，可以感到上帝的伟大。他让我们生，让我们思想，让人生中不同的事物碰撞，产生一幕幕动人的故事（让我可以写小说）。如果从每件事中我们都能体会爱，人的心灵就健康了。

最后，如果你看到这篇文字，由于我的无厘头“九唔搭八”开始产生摇头、反感、无奈，甚至有点生气的现象，对不起，这和我写这篇文章的最初想法完全相反，我罪大恶极。由此你们所产生的一切不便与后遗症，我将负上必要的责任。

但是我很穷，因此希望大家永远身心健康，年年快乐。

2003.1.22

禁止！唔准！

“不要这样。”

小孩子的时候，已不记得有多少次长辈们对我说起这句话，我被禁止了去做这种事的权利。被禁止的原因可以有很多种，可能这种事带有危险，会伤害到我们，可能对我们有不良的影响，也可能不适合我们当时的年龄。长辈们禁止我们做一件事，可能只是出于爱或关怀，但无知的孩子无法理解。因而，很多反效果都随这一句话开始发生。

心理学家发现，在小孩的时候，一种禁止的心理会使孩子对这种事物更为好奇，就是俗语“越叫越走”的道理。孩子会因为长辈的阻止而对一件事物抱有更大的兴趣，即使我们阻止他们是为了健康的想法，但结果只会使他们更加沉迷其中。反叛能给予人一种刺激，这是潜藏在人脑里面的其中一种想法（不妨想想如果罗密欧和朱丽叶两家不是世仇的话，他们会否从被禁止之中找到轰轰烈烈的爱情）。

而更值得注意的是，研究指出，假如在童年期间经常被禁止做很多事情的话，到后来长大了这个孩子会更加不听话更加难以控制。相反，较少被禁止的孩子长大了会比较听话。这样的结果就不能不叫我们关心在成长初期的生理和心理辅导，这比我们到青春期才抱怨孩子不听话要“严加看管”来得妥当。

我想我并不是一个不听话的孩子，但我也相信我或多或少受到童年阴影的损害。可能专家认为被禁止会使孩子反叛，我想另一个情况可能是孩子受到过多的禁止而会对别人的话显得唯命是从。好若一个傀儡，任意听从别人的意见，既不作反抗，亦不真心地接受。

我常常想，或者是我这个人想得太多了。但谁又不知道，心灵的创伤到后来是无药可救的。潜意识即便不可知及，但只要一想到孩童时的小事，心里有时还是会隐隐作痛。不要这样！请好好注意你们的孩子，给他们美好的童年。

2003.1

奸巴爹，干下去

当长时间地进行着同一种工作，人们常常会显得没有生气和缺乏动力。渐渐地，我们开始懒散，开始随便或开始“阔佬懒理”爱理不理甚至置之不理，工作的效率越来越差，影响了自己，甚至影响一个集体。

我觉得自己是一个不怎么有毅力的人，常常被外界影响，贪图新鲜感又三分钟热度，于是我总在不停地寻找清新的感觉，结果什么都做得不好，总带给人麻烦和不幸。在一个集体生活集体工作的社会里面，自身的锻炼是非常重要的，如果自己没有能力和坚毅的精神，那么无论有多好的机遇最后都会以失败告终。因此，人需要反思自己的错误，不断进步，不断地使自己的精神处在最初“新鲜人”的状态——就是那种刚刚相恋，对着爱侣总是显得特别殷勤周到，即使他或她只是请你喝支维他奶已乐过半天，一起散步后则晚上彻夜难眠，要是能拖拖手一起去看夕阳，心几乎就要爽飞了的那种感觉。

而保持新鲜人的热度之余，如果集体能给予每一个成员经常的关注和反馈，那么一种工作便可以长久地带着某种热情好好干下去。关注和反馈其实也是一件很简单的事情，有时只要对别人真诚地问候，经常和对方倾诉工作中的感受，在工作之后能得到一定的奖励和称赞，那就已经美不可言了。

为一件工作定下很多小的目标，每达到一个目标便给予同事之间一种真切的鼓励，我相信，整个集体会为之朝气蓬勃，士气大大提高，做起事来也特别有劲。一二三四五六七，多劳多得。

2003.1

广播道 Fans 杀人事件系列

遗失的精神家园

这个星期，F字头四艺男中的大哥言氏来到小城拍个广告什么的，哗，不得了。这个世道看过八卦杂志的芸芸众生都知道，被一些传媒称作“是非精”的这位型男的魅力是无知少女所无法抵挡的，结果在平静的海边荡起了澎湃的“浪”，呼喊声此起彼落。

现场直击的少女甲高兴得不得了，徐徐为我道上当天的情况。晨早天未亮诸 Fan 屎便在“可靠消息”的指导下来到目的地等了又等。你你我我拿出自己的珍藏，如数家珍地说起自己有几多张他的唱片、海报和照片等等等等，言谈之中仿佛相中人与自己亲得一如父母兄弟伴侣（神经病，男朋友算什么，他怎能和偶像比）。渐渐地，Fan 屎们就亲得好像共侍一夫的姐妹一样，亲得不能再亲了。多么好，多么温馨、多么感人的幸福场面呀——我的官人，你在哪里？

终于（还好花儿未谢，我们的可爱女生们还未变成黄面婆）言氏悄悄地到来了，一班忠实的支持者到处交换消息东奔西跑。“喂，他在这道门出来呀。”“不是，快来，这边呀。”连

FBI 也无法训练出来的侦测部队。工作人员好心地告诉他们言氏的到来位置，谁知结果那地方只是为了诱骗他们离开拍摄现场的手段。在空气中，仿佛有人奸笑一声："这班人真的笨得可以。"那套《流星花园》不是最喜欢说这样的话吗？"真是猪头。"

不过工作人员是有良知的，在他指导的那个地点，真的可以见到他们的偶像，珍贵得可怜的两分钟。即便如此，已够我们亲爱而尊贵的 Fan 屎大帝叫喊得声嘶力竭，这比起拉奥孔①（Laokoon）的痛苦叫喊更加令人震惊。这到底是什么世道，竟然只是跟你打个招呼，你们就已经可以感动得半死。如果他陪你吃饭，那么……哈哈，也没什么呀，反正我永远不会知道你们的心里在想什么，正如你们不知道谁是拉奥孔。审美情趣是什么？艺术享受是什么？社会文化是什么？他关我什么事，不就是"靓仔啰""有型啰""钟意咪钟意啰"。

这时，我仍在梦中，诵读着我的精神家园。

Fan 屎偶像大合唱

20 世纪 90 年代，葛文辉和林海峰这对 DJ 界的软硬天师出了张名为《广播道 Fans 杀人事件》的唱片，内容和概念主

① 拉奥孔，希腊古代传说里特罗亚城一个祭师，他对他的人民警告了希腊军用木马偷运兵士进城（木马屠城的故事）的诡计，因而触怒了袒护希腊人的太阳神阿波罗。在海祭时，他和两个儿子被蛇咬着，边看着两个儿子将死边自己垂死挣扎，在莫大的悲愤中发出痛苦的叫喊，声震数里。

要针对当时已经可以看见的社会和流行乐坛的种种问题。这张唱片的出版是相当严肃的，情况就正如塞万提斯写《唐·吉诃德》一样，用一种讽刺和嬉笑的方式去表达自己的不满。塞万提斯痛恨骑士文学、软硬天师惋惜无知Fan屎。无奈的是，时至今日的社会，还有很多人依然无法理解《广播道Fans杀人事件》的深刻道理。

杀人事件里的歌词很夸张，但里面的句子如今依然可用：

> 各位FANS揸住BB / 占领红馆镇压IP
> 守住门口廿四小时 / D秘密通道佢无所不知
> 勤力过PR非常准时 / 晨早六点栋系唱片公司
> 墙上刻字地下写诗 / 有起事黎会震碎玻璃
> 见偶像架车转出路口 / 佢就跑出马路做长跑好手
> 跳高拍手伸擘大口 / 摊系路中心扭两扭
> 由清水湾追到隧道口 / 披头散发又成身汗臭
> 面青口唇白都唔识得呕 / 嗌够睇够咪返屋企抖

不知道是偶像唱歌还是Fans唱歌，演唱会所听到的有时Fans的歌声还要比偶像大，死命地只知道大叫，连拍子有时都打错。有时我真的不愿再怪那些偶像明星了，虽然他们有时真的无德无能，但人家不过“打份工”，双生儿不是说过吗？赚够了就及早收山，至少他们努力地工作，不浪费自己的青春——即使他们不是为了艺术，也不是为了观众。可悲的是我们亲爱的崇拜者，他们依然无法真正理解这一点，依然把自己的时间用在一些他们认为值得的地方，依然用尽可能的方法去“支持”他们的偶像。

多得大家“俾面”，整个香港乐坛乐得畸形发展，他们呼风唤雨叱咤风云领导乐坛都全靠各位Fans鼎力支持，没眼光的观众使商家投资在低品位的歌手身上迎合大家的需要。为什么社会的品质每况愈下到如此呢？人的精神空虚肤浅，追求表面性，思想堕落，再加上音乐一直被商业垄断的情况下，真正有质素的音乐想抬头，我想真的越来越难。

我又搞胡涂了，谁又会跟我谈论好歌好音乐呢？

惊天动地，Fans大晒

话又回到早前言氏来小城拍摄广告的当日，故事讲到疯狂歌迷开怀尽诉当天一睹偶像风采的一时三刻。看官，你竟不知道，我听来几多无聊可笑辛酸荒唐。一说有某君因为生活所逼非上班不可，却又抵不住言先生的魅力吸引，男友也顾不得了，一放工急急脚飞的（的士大佬也要多谢这些明星偶像，我想当天的出租车生意一定比平常好）赶来不能错过偶像的身影。公司应该加奖这位小姐，也应庆幸自己公司有个这样工作勤快、有效率的职员。

Fans团真的组织力强，拍摄单位已事先引开支持者的注意，有意驾驶几辆相同的汽车扰乱视线，但仍无法瞒过Fans的分批追击战略，通过Fans间的紧密通讯，终于找到了真身，我们有着大智慧的亲爱Fans最终完成了这项伟大而艰巨的任务，实践了在偶像面前出现并大叫的崇高理想。生活是多么美满，人生是多么快乐，言先生多么靓仔。我是多么妒忌却忍不住也要跟着他们一同叫喊：“噢，我亲爱的罗密欧。”

不，不许你说我偶像的坏话。不，这样一点也不无聊，他靓仔死了。还有别的形容词吗？唔，他好好人啰。唉，反正什么都好啦。

君不见，当天有Fans甲早上还要考数学，她实在无法摆脱心中的思念，看着考卷竟什么也想不出来，眼前只有偶像的脸，只能反复地在心中默念着偶像的名字。最后匆匆把题目答上，看到大概合格就立刻交卷火速赶来。把事情告诉其他Fan屎同志时，还一脸红晕仿佛幸福得要死一样。老师，原谅她吧，如果考试换了第二天，她一定比现在高分。她已经算不错了，在现场还有撞栏、追车，甚至是爬墙、跳崖。我半句大话也没有说，也无意夸张，要几夸张有几夸张。不信吗？下次看看现场情景吧。这种壮观，足令途人咋舌、令巴士司机侧目又忍不住偷偷看偷偷笑，甚至发生交通意外、失窃、暴动，天下大乱。

我的写作实在太无聊、太疯狂又太低能了。我应该学习我们具有集体力量的Fans集团，把文章写得有影响力、有锐气一点。唉，太不争气了。写过写过。

2003.1

舞出我年代

Michael Jackson 是属于不同时代的。Childhood、Heal The World、Will You Be There、You Are Not Alone、Stranger In Moscow，喜欢那种温柔。Billie Jean、Rock With You、Remember The Time，喜欢那些节奏和舞动。先别说人家的私生活，我只喜欢他的艺术世界。先别问为什么他跳舞时喜欢摸下体，我只喜欢舞蹈。Michael 可以说是一个跨时代的人，不同时代的音乐迷都会听过他的名字。他无疑是真正的天王。因为曾经在流行音乐里头，他是一个带领者。没有人可以否定他在音乐上的贡献。

几年前推出的杂锦金唱片 History 可说是 MJ 在音乐领域上的记录。看他的演唱会亦是一绝，Moon Walk、霹雳舞、机械舞。再绝，再看他的穿着、他的发型，是我上一代年轻人其中一种美学的追求。三绝，Michael Jackson 是我们所谓“酷”的象征。谁不想在舞台上学他来一个 Moon Walk 一下呢。多帅！这几天，忽然看到弟弟拿起我以前买的 MJ 唱片播，就有这种感动在心里泛起。

原来，MJ 是永远活于年轻人心中的。他的魅力，是年轻人的追求。本来，每一颗年轻的心都有表演的欲望，我们都想成为舞台上一颗动人的星星，可是太多东西压抑在生活中。于是，MJ 唤醒了我们那颗被压抑的心灵。我可以说，有很多人在家中听着 MJ 的音乐会舞动、会歌唱。听着他的慢歌会感性起来，听着他的快歌会兴奋。这是必然的。只要你看过他的表现，只要你没有歧视。对于一个艺术家的评论，我认为应倾向作品。私生活的事，只要不影响他的作品，我依然会对其表示尊敬。既然他的音乐可以常青不老，这其中就必定有其伟大的地方。在他的艺术世界里，我感觉自己永远都活在十七岁的那年一样。

热爱 Michael Jackson，来，Rock With Me。

2003.1

我是榜眼该高兴，不为状元暗伤心

要得一个冠军谈何容易，正如过去寒窗苦读的人应考科举，状元爷这称号只得一个，要脱颖而出，就要比别人更下苦功（或更多门路）。乒乓球运动员刘国梁对自己有句格言：“要取得超人的成绩，就要付出超人的代价。”这句话的确不错。

与冠军缘浅的人，总是只差一点点，就那么一点点。有时候因此会有点放弃态度，反正努力与否都差不多，不如随随便便算了。但依然拚命地干吗？结果还是饮恨。人对于功名利禄这些本来就应看淡，然而“二奶命”这宿命一日不摆脱，人就是有点不甘心。想起张德培与网球世界冠军无缘，想起王义夫某年射击奥运金牌的失落，心里总要难受好久。他们都很努力呀，而且绝对有资格当冠军，为什么总差一点什么呢？

运气吗？怎样想大家总有点吧。中过彩票没？餐会的抽奖也试过中奖吧？就是没有中过头奖、没有抽过平面方角大电视和金项链，也总算得过些意外收获——就是没有大奖啰。

命运吗？是不是有些人注定得不到就是得不到？如果命运注定了，难道就没话好说了吗？说到底人是不应信命的。人说将勤补拙，即使只是一个平庸的人，注定得不到什么成就，只要付出多一倍甚至一百倍时间和努力，试一试能否打破宿命，至少可了却自己的心事，虽败犹荣，就是要试试嘛。

“要取得超人的成绩，就要付出超人的代价。”虽然不断地受挫折，我们还是要坚信自己会成功。正如成为一个拳王也得先承受一次又一次跌倒与失败，最后才有能力K.O.面前一个又一个的强手通向宝座。如果很早就放弃，那不就太可惜了吗。前路都是未知的，你不去开拓，就永远不知道结果。反正积极是一生，消极也是一生，既然你有梦想和目标，何不勇敢地试试。跌倒了又站起来，这样才是一条好汉。你要相信，当人生舞台落幕之时，别人一定会为你的努力感动。这样人就快乐了。

换个角度想，得到二奖，其实已不坏了。只要有进步，那不就值得高兴了吗？

2003.1

在追求的路上

写诗真的辛苦，对于我来说，写文章是要比它容易一点。要把自己的感情和思想弄成一首诗，有时候五分钟一首，有时候一个月一首，有时整整一季都没有冲劲。有些人，一生也没有一首。其实并不是一定要写诗，对于很多人来写，即使是写文章而已，这也是大可不必的。只是无论如何，我对于诗是有一种无法解开的情结，就正如写作成了我的生存方式一样，我无法摆脱。因此，当没有写诗的时候，我会情绪低落，我会感到内疚和自责……写诗可以是一种瘾、一种病。

因此，我很介意自己能不能写出好诗，即使是那么一点。幸运地，我常常得到朋友们的支持，还有他们过多的夸奖，因此总算让那些断断续续不能写诗的时间过去了。每一次都多亏他们。我为什么不能写出好诗呢？或者是因为思想和知识的狭隘吧。

由此他们的夸奖，往往便逼我成为诗人（不如说是诗作者吧，每一想到诗人的名字我总有发麻的感觉）。这个我值得一提，其实我写东西并不是那么行，功夫还未到家。过去我只是写得多，但实际上写不好。比起其他朋友，我更应该末座求教。他们的夸奖，逼使我达到（至少跟得上）那些赞美的高度。

我记得很久以前某校一位学长到香港参加“江山如此多

Fnu——粤港澳状元争霸战"，他在即席以自己的名字作诗的时候，写过这样一首：

镜濠阿蒙陈嘉良
学海索寻喜夜长
群英盛会高雅庆
末座求教在香江

这样一首诗，深深刻在我的脑里面。求学者不能自夸，得到赞扬会使人骄傲。我常常以此为戒。我只希望朋友别夸赞我太多，给我多一点严厉的批评。这样，我反而会有更多的进步呢。不能写诗的时候，我会用心地多阅读，更多地开拓自己的视野，或者下次，我再不用朋友们的勉励和救援，我会自己好起来的。

2003.1

常回家看看

今年一如往年地回乡过年，不过感觉却舒服多了。由于过去交通的不便，特别是因为没有高速公路的关系，从拱北乘车至少要花费三个小时才能到家乡。一路上晕头转向，对于并不习惯长途车的我来说，实是活煎熬。还好今年很多条新的路都开通了，几条新的高速公路连接使路程和时间一下子都缩少了。路既好走时间又可以节省，心情当然比平时好。

老实说，平时回乡之前总使我非常伤脑筋。我需要克服自己对这长长的三个多小时的恐惧（最怕就是在车上作呕作闷），又要想想怎样打发时间。既不能阅读又不能说太多话（我藉以打发时间的最好工具），因为路不好走，动不动就会感到不适。于是前一天便不能多睡，免得在车上睡不着觉——不能入睡，换来的感觉便是晕眩。

现在路上的情况已和我来回广州差不多。在路上不会有被抛来抛去的感觉，开通了直达车之后座位也比平常干净，坐得宽敞空气清新。要是以前的话，司机总喜欢在路上找客赚外快，跑一两公里便停一下车。停停开开的还不够，新年生意好时还超载得让人无法忍受，整辆车都塞满了人，连通道无法行走（放满了小凳子让人坐，人不能站因怕被人发现超载）。车子窄路中高速地行走，走到凹凸处之时连人带车地抛起，我们在车内仿佛烟花一样升起落下。噢，又新年了。

真高兴现在的人不用以此证实新年的到来，至少回乡探亲已经变得不那么吃力了。省下来的时间可以多陪老人家饮茶搓麻将，既没有舟车劳顿也不感到离家很远（不过两个小时的车程）。以后那些不要脸的家伙便再没有借口不回老乡探父母了。

2003.2

我的生活

曾经有段时间无法用笔写作，非要对着电脑一个字一个字敲出来不可。我想其中一点是可以成立的，我认为用笔写的速度无法追上我脑部的运作速度。而用电脑打字的话借助我多年来的打字习惯所形成的条件反射，暂且可以和我那个神经衰弱又间歇性失灵跳线的人脑同步。反正就是我想到哪里就可以立刻打到哪里。修改不用通篇重抄，删去的句子干净利落，不用自己看得眼花缭乱。而且我这个经常执笔忘字的人常常好像文盲一样连个“盲”字也可能忘了怎写，电脑上的词组和拼音功能有时变得非常重要。事实上，这个时代好像没有电脑做什么事情都不方便就是了。

终于，考验来临。这一季在宿舍的电脑反复坏了几次，实在无法忍受内地某些货品的质量，一气之下也不修理了，随它就这样尘封在房子里面，反正用与不用都是废物。然而，稿和作业还是得交，我只能再一次拿起久未使用的走珠笔一字一字地完成自己的工作。最初实在相当费劲，大半天也不知道自己在干些什么，对着稿纸在发呆。但想来过去哪一个人不是这样写作的呢？为什么我就是不行。是宿舍环境的问题吧。

于是再到外面的咖啡店和图书馆去写。无法写作的时候就看看书，一直看到“实在必须要做点事情”的时候，身体就好像下意识地拿起笔杆一鼓作气地写，速度也不见得比用电脑的时候慢。也试着一边用 MD Walkman 放音乐一边写，感觉实在相当畅顺。曾经以为不行的东西一下子就实现了。而那些涂得花花的修改处，竟也变成一种风景，仿佛见证了我的生命与成长。

在最初写作的时候，我常常幻想着拿着笔记本和书到咖啡厅写作的全职作家生活，整天泡在那里打造自己的艺术世界。现在，我确实感觉到那种写意和愉快。虽然不是什么作家，可是那种情调确实是每个人都值得享受的。只是泡在咖啡店里，拿着记事本画点东西也好、看看报纸也好，利用适当轻松的心情去做些非常简单的事，生活一下子就变得明朗了。

当然，如果有手提电脑或者我会变得更加得心应手。但是，有个获诺贝尔文学奖的作家说过，不用电脑对创作来说也有好处。大概写作是一种生活姿态，每个人都在选择自己合适的东西，同时也在尝试不熟悉的事物。而我在寻找的过程中，发现了自己的需要。

2003.2

闷蛋和烦精

我重读着自己过去的作品，总是禁不住要发笑。我无法相信自己竟可如此的幼稚和胆大妄为，写出如此这般激烈或者严肃的话语。我亦惋惜自己文字的软弱无力，太多语法的错误和累赘的句子。譬如说在同一段里头的五句里面，可以出现三次“这种方法”、三次“了”和三次“于是”，这实在叫我作呕。

如果看不出来的话，大家不妨以上面的要求来造一段文字。尽管你写的内容再好，当你读上去自然便发觉有问题——不断的了、了、了，是不是很难听？这和要表达的事情已没关系，它只是一种形式和技巧上的错误和稚拙。虽然不能以文章的好坏去判断一个人，但也足以发现人的某种本质。要么你不写文章，否则文如其人这话是准通的。像我这种的的了了不断的家伙，怎么说也是个说话啰啰嗦嗦的人吧。在街上遇上个人跟你这样东拉西扯说些不着边际的无聊话还要“唔”“啰”“哦”“唉”一番，不厌烦才奇怪。即使说些再精彩的话，我想也没有人听。

不过说易行难，我既知自己的问题却发现有时无法摆脱。事到如今已放弃了，我相信大概这就是天性之类的东西吧，既然是个闷蛋便只能尽量把话说得简单一点、撮要一点，不要显得太讨厌。恶习有时是宿命性的、无法逃避的，我只好认了。

知道自己的弱点最好还是收敛一点，免得说错话或让人生厌后产生无可挽回的恶果。人就是这样的东西，没有绝对好或绝对坏，只有程度上的差异。只要能把事情做到让人可以接受的程度，我想别人还不至于有意见。

常常去观察自己、反思自己时，当然问题可以掌握在自己的手里好好地调控（至少心里好受一点，算是自我原谅吧）。最怕是那些自以为是、连自己惹人讨厌也不知道还觉得很受欢迎在你面前自吹自擂的“烦精”，这种人我想也无药可救了，通常我把他们视作不存在，免得自己生气。

2003.2

卖女孩的火柴

有时人呀，就是需要知道什么时候对事情表现严肃的态度。有些事情是不能拿来开玩笑的，就像是价值观。当然，每个人心里面总有自己的想法，因此也没有法子准确地说出这件事于你是对是错。但就像数字女星裸照封面的事，实在无法让人承认这是正确的做法，因此也就不能开玩笑了，我们要正视这个问题而不是拿它当笑话。说笑话的目的也许是娱己娱人，但其内里定必有些意义所在。可能是讽刺，可能是一种现象的深刻反映，一语道破要让人不禁笑道："对，正是这样。"

有两个儿童故事我十分喜欢，一个是《小抄写员》，另一个是《卖火柴的小女孩》，像这种真诚地宣扬爱和希望的作品，实在没有什么值得说笑的地方。或者评论家会对作品的某些细节进行批评，但却不会有人怀疑作品的动人之处。

在很久很久以后的今天，多么可怜地出现了一个卖女孩的火柴。这是一个名称、一些不雅的故事和肮脏得可以的语句。这让我想起在中学读书时常常发生的小事，在课堂上老师讲课之时总会有同学借用课程上的东西突如其来说些毫无意义的笑话，弄得全班哄堂大笑。老师在这个时候总会对我们说："这又有什么好笑呢？"那种严肃的表情就跟我看到卖女孩的火柴时的表情一模一样。两张不同的脸，老师、我，在这一刻好像重叠在一起。我开始了解老师为何要那么认真地对待某些事情。

因为价值观的不同，或者有些人看到卖女孩的火柴会笑出来，而笑和不笑的主要理由便出于人的内涵。笑出来的人可能停留于低级趣味，老是想些偷鸡摸狗的事，一如女星裸照可以给某种人带来寻幽探秘的快感一样。同一样的东西，态度的不同足见人的品质。

我希望，卖女孩的火柴纯然出于孩和柴的韵所发现的某些相似因而作点小改变开个无厘头的玩笑（虽然我觉得一点也不好笑）。如果不是，世道也未必太无聊了，这个时代最拿手的难道就是这种无意义的笑话吗？

2003.2

偏执狂的剪发经验

小时候剪头发的日子总是那么的痛苦。我并不是讨厌剪发，相反地我非常喜欢塑造一个美好的发型。正因为这个原因，有半数的情况都是落泪收场，余下的则黯然神伤独自怨恨。

我这个人就是对发型太过讲究，这种习性就好像与生俱来，偏偏剪发的（发型师这个名字实在说不出口）却无法满足我的要求。譬如说两侧要短一点、前面的不要老是要留长一点、头顶不要太松、背后不要太厚，凡此种种每次都无法达到我的预期效果（请不要再叫我染发、鼠尾或留长发了，我没有兴趣）。就在初小那一两年里，我便试过好几次哭着不去剪头发。母亲也跟我说过，你想怎样剪可以跟师傅说呀。谁又不知道呢？年长一点的时候我还试过把一张照片交给剪发的看叫他照着剪，最后还是……

举几个例子吧，有次我想剪 Skin Head（就是非常非常短差不多要光头的那种），那家伙（我也不知道是我转换的第几个剪发佬了）老是说太短不好看，结果 Skin Head 不成变了个圆圆的箭猪头；又有一次想剪个沉实的西装头，另一个家伙却说我是瓜子脸应该依头形来点倒三角（枉他想得出来），最后背后和两侧都胀胀的，好像头上顶着个花篮一样。我也不想再争辩了，发型师说这样好看便好看，怪只怪我的口味与众不同吧。

命运一定是和我作对了，这么多年来真的只有难得几次发型能够达到令我满意的地步，更多的时候我都处在埋怨的状态，我真担心持续这样会影响我的健康。可是这也未免太气人了吧，为什么我每次选择的剪发佬都是那么自把自为的呢？我也怪自己不能亲力亲为，多长两只手和眼在背后便不用假手于人。人们说男人嘛最重要的是内在美，但总得有个基本形象吧。要我乱着头发在街上走倒不如杀死我算了。

唉，我亲爱的发型师，你在哪里呀？我说过，如果你真待我好，我决不离开改嫁的……噢，给我亲爱的发型。

2003.2

九点零八分·考试现场

“The Last Man”指的是什么呢？要不是看到一个年轻老师的网页真的不知道。“最后人”专指那些在考试里面“磨”到最后一刻的同学。一般就是那些明明不会答题目却觉得太早离开良心过意不去的“勤奋”学生。当学生的总觉考试的时间太短常常好像不够用，却不知道老师无聊地看着我们答卷的日子仿佛度日如年（差不多整整一个星期）。老师既不可以找别的事情干（于是聪明的同学总会为他们准备报纸杂志，实际则是别有用心）也不可以离开岗位（大多数人需要在别人的监视下才会诚实地工作）。我又感到了当一个老师的一种淡淡哀愁，监考的时间就好像把日子白白地浪费似的，老师好像又苍老了。

学生会自觉不作弊算不算难呢？反正这个实验就不会有人做了。但老师还得找点事做呀，电影《男人四十》中的国文老师耀国会望望窗，想想自己的人生。现实生活中的老师会发呆、造白日梦或几乎睡着。比较认真的则望着远远的某方没有焦点地一直盯着（这总会让我这种学生怀疑老师拥有非常灵敏的触角因此突然对他肃然起敬）。在年轻老师的网页里，他的消磨时间的方法是：“点算一下人头，女生有二十一个，男生有八个”，计算一下有几多个长头发、几多个穿马靴（就是现在非常流行的那种）、几多个穿运动鞋。最后得出的结论是：“几乎所有人的字体都非常难看，而男生则永远不会专心于自己的考卷老是东张西望。”

当这些都完成之后还有什么可做呢？我想便没有了。再多的话我则需要花费时间向老老师们做些资料搜集，相信还会有更加精彩的发现。当然谁也不希望在考试期间出什么问题，正如我们也不希望路上的警察经常忙得团团转，但这两者一空闲起上来又真的非常浪费。我多么希望在监考的时候为老师送上一杯咖啡，好让他们坐在讲台上休息一下等来季在课堂上更加活跃为我们多讲几个故事。

但我知道，这样的好意总会被婉拒。没法子，既然这样，大家还是快快交卷了了一件心事吧，让我们的老师也早早放工，免得大家都为难。谁都知道，考试并不好受。

2003.2

“鹅闷”的校歌

小学和初中在学校里都没有唱过校歌，当年那两所学校并不太重视校歌这回事，因此便没有集体唱歌的活动了，每个周会都非常沉闷。到了高中，在人生中突然出现了“是要唱校歌的”这回事，最初确实使我极不习惯。唱着老套单调的校歌，还有那些为了刻意安放歌词的颂诗（不妨想想把“我们”唱成“鹅闷”的麦兜麦唛合唱团），头几个月的周会我几乎是活于零度以下，全身的鸡皮疙瘩好像硬成颗粒快要脱落似的。

为了解决这个问题，我决定每次都要比别人唱得有热情、比别人唱得大声。因为当你认真投入音乐的时候，就会连音乐本身都忘记了，就是所谓的无我和忘我。这个方法当然非常有效，在往后的日子里面，我的骨痹感一次都没有再发作。

终于毕业了，这三年里面我总共唱过几多次校歌多得已经无法记起。然而每一次的唱诵从心里面都是有变化的。最初是应付，然后心态变为“还好，唱几篇也没关系呀”的感觉，到最后则变成了真的喜欢。那种喜欢和敬重可以在高三的日子里面证明，那时候小憩之后大家很喜欢在课室外聚在一起聊天，试过好几次，大家莫名其妙地便唱起校歌来，还唱得非常投入，原版的、爵士的，还有摇滚的，他拍墙打起鼓来，其他人则拟声唱起类似乐器的声音，真的是非常热闹。到后来真的毕业了，我还会神经质地偶尔想起校歌，在路上小声地哼着。

我相信校歌拥有一种凝聚力，这是通过学校集体之间渐渐形成的。它和好听与否无关，校歌自身形成一种强烈的感情和感染力，培养了人的归属感和群体意识。或者你不信，当我听着校歌的时候，很多回忆真的会从脑海中浮现，有时还真的感动得想哭。一家学校的校歌，是一种集体意识的表现和力量的象征，于是这件事其实是非常重要的。听朋友说，各家学校（就是以前没有唱的那些）都纷纷唱起自己的校歌，从这里就可以知道校歌开始被重视和需要。怎样说也好，校歌丰富了中学时代的生活，使我们的回忆更加动人，这可算是人生里面一件非常愉快的事情。

2003.2

技巧取胜，美人得来

在广州回澳门的巴士中，听过一段这样的对话，男的在抱怨自己交不到女朋友。

一个女的说："没有女朋友，可以在网上交嘛。"

男的回答道："没有试过呀。"

女的说："为什么不试试约她们出来呀？我有时都会约网友出来的。"

男的对女的说："想想都知道，ICQ 里面怎会有靓女呢！"

女的无言。

我坐在他们前面，听着他们聊着聊着我都不禁要笑了。那个女的挺自大，话里总带着某种自信可以吸引异性。男的对网友完全没有自信，认定网友都是丑八怪。其实这是不足为奇的，事实也正是如此，长驻网上的人有几多金童玉女我不知道，但确定都是些无聊人。不过听那个男孩说话却可以知道，他没有女朋友是完全正常的。

试想想，一个男孩向一个玩 ICQ 的女孩说 ICQ 里面没有靓女，那她是什么？不就是说她也不是靓女吗？以车上那个以为自己国色天香的女孩来说，真是一头冷水泼来。谈恋爱，有时不是外表的问题，更多是技巧的问题。每每抱得美人归，都得靠三寸不烂之舌。女孩子是要人赞美、要人爱、要人疼的。如果连平时说话都不能好好练习技巧，到面对情人时，准会出错。

所以，师奶杀手是爱情专家，因为由三岁到八十岁的女性都能被他们赞得乐透。不过是几句一文不值的赞美，我们何乐而不为呢？也许会有意外收获呀。即使那个不是你要追求的人，但如果你能向她美言几句，说不定她会欣赏你，也许无意中为你在喜欢的人面前说上几句赞美的话。“ICQ 里面没有靓女”不如改做“在 ICQ 里面像你这样的靓女很难找到”，这样不是很好吗？看着女孩子笑，你也高兴吧。大家都高兴，多好。不过正如丁岚兄说的，我有时说话就是有点这样的暧昧叫人不懂应对。人细鬼大，实在要不得。

2003.2

为诗调点低级趣味

现代诗的解读是越来越难的，这种创作，同时也越来越为难了读者。它要叫你不断地思考，又不断地幻想，然后，还有一大段的语法要你解释。读完，还真的冒起汗来。弄得这样干吗？阅读不过想轻松一下，消磨无聊的时间罢了，平时还思考不够吗？诗人应该有一点人性，不要老是以为读者都是天才。如果可以的话，我想诗便能走近我们了。

我所盼望的诗，不外乎是给我心理上的愉悦，要么就是悲哀的共鸣，要么就是快乐的分享。诗是神和人的结合，如果因为形式的生涩，使读者不能心领神会，那么，这诗不要好了。为什么电视剧这么受欢迎呢？为什么王晶的电影这么卖座？很简单，因为它们与严肃的艺术相比要大众化得多。好听一点，叫通俗；给你难听的一句，就是低级趣味。

如果诗可以流行，如果诗歌可以像电影电视一样卖座，我宁愿它低级一点。艺术的最高境界以孤独来埋葬，不值得。我想，一首平易近人的诗，是可以流行的。《再别康桥》可以，你也可以。我想，一首可以给人以快感的诗，是可以流行的。看看你家公子写给他爱人的情诗，他可以，你也可以。妹妹你坐船头，哥哥在岸上走……

好的诗，不在乎低级与高级。最重要的，还是要贴近人群，要有人懂。后现代或形式主义再甚或是象征主义什么的诸如此类，那是和读者无关的。读者不管，读者要快乐要感受。一看到就会会心微笑，要比苦思十年才想出一句“唉，原来不过如此！”来得强。诗呀，你就低级一点吧。我就是喜欢你低级。我就是喜欢低级快乐。你走你的形式主义，我走我的大路。写诗，就是要让我高兴。

有一天，可能你会发现一首平庸的诗背后，会有深刻的意义。诗不是迫人思考，而是让我自觉思考的过程，让人读多了，才能提起别人思考的兴趣。低级快感就低级快感嘛，不见得你的诗就高级多少。

2003.2

手机和我的爱情

现在如果没有了手机，我的生活会极不方便。

我不喜欢戴手表，平常用的是手机的时钟。我极其善忘，又觉得用电子记事本麻烦，手机有简单的备忘录功能。常常不在家，喜欢到处去，没有手机，也就没有人找到我。我发现，我和手机在谈恋爱。我发现，我和她形影不离。我用的是N字牌的8字头型号，以前是用3字头的，但由于太旧，而且功能也不够，不久前就换了现在这个型号。老实说，我不太在乎外观，对于一个艺术爱好者来说，我的要求算是最低的了。而且我对手机的要求，最重要还是功能。

多功能，可以省去我身上添上太多无谓的东西，加重我身上的负担。以前要带笔记本把突然而来的灵感记下，现在只要写在手机上，储存成讯息便行。省去电话本、记事本、手表等等的负荷，只要有网络，就可以求助；只要有能源，就可以通电。电话我不好常换，一来我没有钱，二来是用惯了不想麻烦。我也有自己的梦想手机，但在一个穷学生没有能力拥有几部手机（也没有必要）的情况下，还是不应浪费。而且我用电话其实也挺粗暴，不会像人家般又要用机套，又要常常保护机身。我用就是用，平平常常地放在口袋，坏了吗，拿去修理。刮花了吗，还可再用就先用着。我不会像人家用机那样，当手机是宝贝。

N字牌的手机有一个好处，就是机壳可以更换。从我用机的随便，可以想象我的手机很快会显得很旧（也很烂）。于是，因为可以换壳，我的手机可以保持尽可能的雅观。因为可以换壳，我的手机可以保持美态。我宁愿要手机多功能，总比只得漂亮来得好。我相信这个世界，是有很多人和我有一样想法的。漂亮的手机很多，你是追不及的，倒不如要一部功能多、耐用的手机来得实际。功能多的手机，不容易被舍弃。功能多的手机，不容易和时代脱节。多功能的手机，可以发挥很多很多的用途，以致人不想另结新欢。手机，请多充实自己，多一点功能吧。手机是我的情人，它功能齐全，它出类拔萃。

我谈的是手机，也在谈感情。

2003.2

用心与用脑

一个朋友说，我是用脑来做人而不是用心做人的。她说我太理性，做什么都要有理由、有原因，她说我太冷，一点激情都没有。朋友最后给我以结论："这样的人生，太沉闷了吧？"在我看来，用心与用脑的关系我是不太懂的。说我冷吗？那也是，好像《红楼梦》里面林黛玉听《西厢记》听到心动神摇落下泪来的事，好像没有发生过。书我也看过几本的，但就说《红楼梦》吧，我确实无法流出眼泪。

我的想法是，冷静一点，处事就不容易犯错。做事如果都不用理由、原因的话，那做这件事的目的是什么呢？吃饭，不是为了味觉的快感就是因为肚子饿，一个人不可能连自己做事的理由都说不出来。理性一点，可以让我们看清楚一点事情的真相，我认为这是有助我们理解这个世界的。而且，读了中文系之后，我更是无法不如此地对事物进行分析与思辨。做论文便是如此。

但是，说我不感性我却不怎么认同。我一直都认为，不感性的人是很难与人发生感情的。但是，一份感情能永远都充满激情吗？我想又不能，人总要静下来的。平静的生活，想到最后还是最幸福的事。米兰·昆德拉在《生命不能承受之轻》里就说过："快乐，便是重复！"重复是希望自己心爱的人永远在自己的身边。我追求一种相对平静的生活，冷吗？只是别人以为的。反正感情到最后，还是自己的事，我心里的激情心里的爱，怎说也无需要坦坦白白地告诉别人呀。相反地，感情要长久，要快乐，越是理性越好。理性，可以叫你在感情路上常常反思自己、更新自己。

曾经，也许我们会因为爱把生活的其他事都忘掉，理性可以让我们再次和情人一起走进生活，防止渐渐走进两个人的孤僻空间里，因狭隘的生活令感情加速死亡。如果我太感性，也许我不会觉得现在是幸福的。生活于现实里的人需要一点理性，这也许是一种成熟的表现。我愿意把我所有的感性都收在自己的幻想之中，偶尔才给人一次惊喜。我也想告诉我所有的朋友，“我也是一个感性的人呀”。只是，我都把它们都放到我的文字中去了。

用脑生活，用心写作。只愿活得聪明一点。

2003.2

小城市，大愚民

小时候家里用旧或烂掉的电器通常都会拿去收买烂铁的地方卖掉，烂铜烂铁有时也卖得好价钱，可以拿来吃个早餐或买点小食。平时，这种事都是父亲负责的。后来，父亲叫我也试试。三四年级的时候，我就第一次拉着一台旧风扇到三角花园的收买场去。那是个夏天，而且风扇很重，我邀请了邻居的朋友做伴同往，打算卖掉后给他一点报酬。到底还是热得可以，我家又离收买场远，到达之时已全身被汗湿透，一想起还依稀闻到当日的臭味。

我说是来卖掉这个风扇的，问他值多少钱。收买佬连秤也没有放，给了我们三块钱就打发我们走。当时我已经有点怀疑，但因为没有经验的关系，只好就这样把钱收起来走人。回家后老爸才告诉我，绝对不止这个价钱，这分明就是欺骗小孩，劳动力大贱卖。我们出了那么多力才挣得这几个钱，那个收买佬则轻轻松松捡平货，那时候真的气死我，连本来打算拿那些钱买冰棒的意愿也打消了。气得没话说，又不能回去和那个收买佬理论，自己只是小孩。

总之气在心里，到今天还是无法消去。往后我也试过很多次卖破烂，不过那个收买佬却一次也再没有见过。后来这个地方也拆掉了盖起房子来。当我长大以后，我才知道那些人只要看你什么都不懂就会骗你，只要以为你是在街上捡来的便会压低价钱，只要你穿得寒酸全身汗臭，他们便会看不起你。他们不过收买佬而已，我不过小孩而已。

好的文章，胜在真诚。我也没兴趣把自己的往事改头换面。情况便是这样，无知的小孩当时是无法知道自己的不幸的，正如无知的被剥削者未会发现自身的悲剧。剥削者们则一脸奸笑，他们高兴有这样贱卖的劳动力。你知道得越少，愚昧便永远地跟随你，你便只能永远地贱卖劳动，无法摆脱。只是一样，这种愚民精神，改头换面，其实便比比皆是。

2003.2

过去随感现在

凡事不应要求过高，如果你想生活过得快乐一点。凡事无需知道太多，如果你想人生变得幸福的话。知得越多越是无奈，要求越多越是心痛。要求是一种欲望，正面的话变成动力，反面的话则成压力。因为你有要求，或者对自己或者对别人，或者为情或者为物，正因如此你的人生变得非常被动，每一天好像都为着某种事情劳碌奔波。疲于奔命的日子就是不好过，在这个越来越华丽和虚浮的世界里，难怪那么多人回归往日的思想中，在刹那的霓虹背后寻找老庄道学的净土。

老子说，五色使人目眩。学音乐的人说，不听爵士听电子舞曲，越是认识乐曲理论演奏技巧，听到复杂的音乐就越是无法入睡。你又开始思考，关于每一个小节的演奏方法，你又开始研究唱片中乐器的音色和旋律。你甚至最后任何音乐都不想听，只想安然地入梦。然而只因知道得太多，认识得太多，你总是无法放开心情去享受美丽的人生，反而在你掌握的知识中苦苦地探索。探索是艰苦而极有成就感的事，同样，它也过于艰险而路途崎岖。于是，整个人生便痛苦了。

这是个讲求速度的时代，要求过高等于太遥远太长久太不中用的事。奔腾 4 告诉你，要快。同时，我亦不想知道为什么奔腾 4 便代表快，我不想知道它稳定与否，如何操作怎个结构。知道越多心里越是七上八下，以前的世界牌子少商品少型号少。如今想买手机要到不同的网络商做“价格专家”。因为有选择，因为你不想被骗（或不想被别人占更多的便宜）。于是你花费大量的时间。

过去有过去的好处，今日有今日的动人。有些人喜欢现在，喜欢开放和自由的世界。而我总觉得过去的日子别有风味，也特别简单。可能以前打电话要两元一分钟，然而在决定买电话的时候，却无须搅尽脑汁想东想西。买电脑也如是，读书如是、写作如是，甚至我的生活也有这样的想法。以前听音乐只要好听便可以了，今日总是无可救药地对这张唱片评头品足说话多多。老实说，有时，我很讨厌自己。

2003.2

放屁无罪

放屁是不是一件好事情呢？从生理上大概这是无可避免的，算是好事吧，就是把不必要的东西排出。可是，在一个有规范的社会里头，人就不可能在公众场所做这件事。狗在路边撒尿，人于茅厕屙屎，反正就是要知道在什么场合不可做什么。你也最好不要偷偷地放，气味这种东西总会很快被有心嘲笑别人的家伙发现，他们会把你这种要不得（但很自然）的事悄悄地宣扬开去。会带来什么后果则视人和场合了。

当然你也可以自己放屁后冤枉是别人放的（“哗，你做乜放屁呀”），这种事确实也见得太多。但放屁无罪，我们又何必陷别人于不义。可在场上（我们不妨假设是一个很大的聚会里有着很多不同嘴脸的人）有时不是你屈人就是人屈你。最终，你不过是放个屁而已，竟然会发展到了无可挽回的局面。只能非常不是味儿地离开会场，临别之时（如果你人缘不佳）还有笑声相送。那种非常不是味儿的感觉，大概便和屁味相同吧。但我总认为，这样的东西并不会造成什么极大的后果。到如今我依然认为，放屁没错，错在场合。然而，自由民主的社会其实离我们很远，很多时想做好事，也有无奈的结果。屁这回事，大概便和发表意见相同。写（发表意见）多了，房间也别有“风味”。

放假的时候和几个同学约了高中的老师出来，就是那种聚旧畅谈之类的活动。在这种时刻通常我都非常拘谨，总是静静地坐在旁边听他们说说笑笑。我无法把自己对老师的尊敬以很形象的手法诉诸笔下，也无意很直率地以口号式的语句去借助专栏发挥某种讨人欢心的力量。我觉得，一种被重视被关注的感觉，还有学生能听懂并理解老师说的话，那便是对他最好的尊敬。每一次聚会的重要不在于吃什么玩什么，老师的开怀和话中的经验之谈，才是最好的礼物。

那天，我终于问了老师为什么有几年离开母校到别处教学（然后几年后又回来），这个问题我一直很想知道。老师用了很婉转的方法把大意概说了一次，我也仿佛明白他的用意。然后，我独自在想关于放屁的小事。还有像我这样的性格，能否在窒息的空间生存。

2003.2

（男人／女人）和他的收藏

因为很多原因，我不得不把家里的书和唱片收拾一下。越是收拾越是觉得吃力。书和唱片都是一本一本、一张一张地买回来的，买的时候只是一两本、三四片，觉得不会很占地方。经历一些日子后，它们的霸道和喧宾夺主却渐渐可见。大概因为得宠的关系，人会骄书会傲碟会贵。反正不好好安置它们又怕越搞越乱又怕糟蹋了我的宝贝又怕阻碍了地方，心里就是不舒服。

点算之下，买时兴奋回来打入冷宫者不计其数，屡有欲离王十步而拒诸门外者，吾一声退下便打到沉箱之底不见天日。还不算十八层地狱，反正到执拾之日还记得当日之情。然而新欢旧爱间，仍是没法抵受后来者的引诱。看的书少，买的书多。听的碟少，买的碟多。我发觉自己喜欢的一两张唱片老是常常放，喜欢的书宁愿多看几遍也不想看其他书——那些买回来只看了几页的“新书。”

清理几天之后，总算把东西都放好，把心情都收拾，偶然看着某本书仍然深感歉意（譬如乔伊斯的《尤利西斯》），仿佛轻薄了闺女辜负了爱人。我终于明白，一个人能吃多少能穿多少？足够便可以，多了也不会感到幸福。我亦无谓白白断送了别人的青春，不如轻轻地放开，让曾经心爱的东西自由地飞舞，找到一个爱它的归宿。多年以后，成为经典也好消散雾中也好，至少实在地存在过，在人间起了些作用，总比留在后宫浪费余生好。

庄裕安先生在他的艺术随笔《嚼士乐》里头就自己不动产（书）的安置问题有以下的看法：“以前我买一本书，就签下日期和姓名。现在改成读完那本书，再决定要不要落款。每一本书都不可能跟我们一辈子，那些不签名的，及早送人传阅，也是善事一桩，放生。”同一样东西，可能我喜欢、你不喜欢。相反亦然。这个世界，绝会有人欣赏。在我眼里是玩物，在你心里是宝贝。这个想法，超越了书和唱片，在我执拾的过程中反复地鸣奏。

2003.2

闲适的澳门

网上购物其一大好处便是方便，既不用出远门也不用天涯海角寻寻觅觅。安坐家中，便能把需要的东西买到手。网上的资讯算是很新的，特别是澳门这个比其他城市慢半怕常常被冠以闲适的地方，网上的新资讯在澳门有时几乎闻所未闻。甚至只是相隔一水的香港，仿佛港澳两地就有着极大的差异。相差多少呢？我想有一季的时间吧，反正别人有了四个月后的货，第五个月澳门便有了。大概谈论了四五个月后的话题，情况也如是。

网上购物无疑拉近了澳门和世界之间流行情报的距离。很多最新的 Model 在澳门没有，唯有先在网上看看。喜欢的话便订购，没有信用卡（我也不能有信用卡）也不要紧，可以挑些在便利店货到付款的网站。不过，澳门当然没有那些便利店，于是托在外的朋友在港、台两地帮助取件。本来，如果一个人对商品没有要求自己又不算太懒的话，其实也无需这个网上购物，可是当你发现在本地找相同货品时价钱贵了几乎一倍，你的心里就是不舒服。因此，好像澳门越来越需要网上购物了，澳门好像越来越 Cyber 了。这件 T 恤不是前年的款式吗？一定是近来又流行怀旧了。

几个月前一家国际影音产品公司在澳门开了品牌服务部，

真的让人感到万分高兴。仿佛终于有人记起了一直在世界被冷落的澳门，这证明了澳门人口虽少但市场仍在。勉强说来，国际网站也开了澳门分站嘛，虽然我对桑拿浴室无甚兴趣。终于，这两个澳门惊喜又让我见识过了。在国际公司订大件货物依然要到香港领取，在国际网站查阅电邮依然要到香港分站。国际公司服务员说，因为是刚刚起步，要慢慢来，因此只好暂时委屈澳门客户一下。国际网页大概针对的客户，则是“正人君子”。

其实我亦不必难过，有了总比没有好。反正这些年来慢半拍的澳门已生活惯了，买东西也惯了坐船过埠。服务员说得对，慢慢来嘛，这是闲适的澳门。

2003.2

这样，我便原谅你

“你尽管骂我吧。”一个犯错的人向着对方说。

而对方一言不发，静静地做着自己手头上的工作。

犯错的人总希望被原谅，可是“你骂我吧”的话，却一点积极意义都没有。这样的话，不过是犯错者希望良心好过一点的一种自私的想法。这是一种纯粹出于主体感觉的做法，对于犯错客体完全没有意义。这样既不能把事情做好，也不会使任何人得到好处，除了犯错者自己之外，一切都无法因为他那句话而有所改变。犯错者当然会高兴呀，正如他听到别人对他说“我原谅你了”，那种罪恶感亦会随着那些责骂一一洗去，他可以又重新开始。

当然，其实事情已发生，即使我们做什么也是无补于事。除了检讨错误和吸收经验之外，其他都变得可有可无了。只是，要求别人原谅并不是什么很好的做法。当然要说对不起，然而那是出于礼貌和责任。当然也要希望别人原谅，然而并不是要出于自己好过。希望别人原谅自己、希望别人责骂自己，最大的原因是希望别人不要再因为这件事生气，希望他们不要因为自己的错误而使生活变得不快乐。

一个人做事，最好不要对别人有什么不好的影响。如果真的影响了，应该立刻道歉并且把那些做得不好的事情一一改过。如果不是那样的话，再多的责骂和原谅也是枉然。于是，对方便聪明地一言不发了。其实她早已原谅你，只是希望你能真心地改过。如果她对你说原谅了，你还会更加用功吗？同样的，口头的原谅也不见得有什么实质作用。她希望在你真的做到了承诺做好了事情的时候，才真心地赞美你，见证你的成果。

你不知道吗？说话常常只是空头支票，意大利语言学家 Umberto Eco 便说："没有说谎就没有语言，没有误解也没有语言。"因此，语言的意义是沟通，请别把所有都当成真话。只有当说话变成事实时，你才可以肯定它是真的。不要原谅承诺，要原谅结果。

2003.2

最后的掌声

在一段美妙的音乐之后，总会带来很多激烈的掌声。第一个拍掌的人，可能是大会选派的拍掌带动者，藉此带动全场的观众。有时观众和欣赏者总是非常吝啬他们的掌声，没有其他人的带动，再好的音乐他们也只会在心里称好。或者他们并非没有欣赏水准，反正是生怕在不必要的时候拍掌显得过分奇怪吧。如果不是大会选派的人，那么第一个拍掌（甚至立刻站起来）的人则是对一场表演达到了十足共鸣，对所看到的表演表示极深的赞赏，心里的感受无法表露唯有用热烈的掌声对表演者表示万二分尊敬的先生女士。“好，非常好。”

太美妙的表演总有魔力使欣赏者自动自觉对你拍手叫好。有第一下掌声，然后便会陆续有来，最后便是全场沸腾的欢呼。然而，一轮掌声总有其结束的地方，太长的拍掌渐渐会失去其本有的力度。于是，人们在最美好的时刻再一次静静地收起之前的热情，再一次欣赏接下来的节目（还没到完场，可不要叫 Encore）。掌声的结束最能体现观众的水准，那些尽全力摇旗呐喊的人总像暴发户一样使人觉得格格不入。当大部分的掌声停止了，空余下一双手在空气中反复地拍击，在那空间里便显得异常的可怜。

聪明的人在这时候会立刻把一切动作都收起来，大概他们不过因为太喜欢之前的演出而已。而神经质的观众还在拚命地拍着，仿佛他独立于身边的环境，在自我的天地间为自己拍掌一样。直至，所有人开始发现这双奇怪的手和那个忘形的表情，那么的突兀，那么使人尴尬。这一如一首歌曲之后，大家都静下来对其表示中立而有人自顾自地站立拍掌一样。孤独的掌声只会使演奏者感到无奈，而不是欢喜。

苏永康唱过一首《如果这是我爱你最好的距离》的歌，有一段时间我常常都会想起它。或者不单是爱情，很多事情都有其最适当的距离，当我们超越了，所有原来美好的事物都会变得无法想象。美丽的事情，正是出于我们适当的角度和距离。太近地看蒙娜丽莎，只能找到一堆模糊的色彩，这样说你应该明白了。该放手的时候便勇敢地放手，不要永久地追求。正如掌声，当激烈的节奏变成习惯，那便失去了原有的动力，变得死气沉沉。

2003.2

快乐人生在哪里

在网友的Information内看到这样一句话:“童话都是用来骗小孩的——就算真的给你一只会变王子的青蛙，他也可能是个同性恋，你奈他何？”曾经美丽的童话，是什么时候在我们的心里面幻灭呢？如今人们越来越早失去了童真（可不是童贞呀），更多人比以前显得更悲观地生活。

大概一年前文学奖颁奖礼那天，听到很多前辈说起那些得奖作品。他们都异口同声地说：很成熟，真的想不到作者的年纪那么小。真的，小作家们的年纪还不过二十，但对于成年人的生活、成年人的悲剧却已了如指掌，生命那么早就被成人社会所污染，多少有点不幸吧。

处于我这个年纪，回想起几年前十七八岁的自己，虽然我还是无可避免地为成年人的世界所蚕食，依然满脑子坏思想（就譬如童贞），但自问还是满天真的。至少我对生活，还是抱有那份浪漫和温存，还是会想着美丽公主和英俊王子的故事，还会想着天荒地老。那些刻骨铭心的爱情，梦想将有美满的结局：经历几多风雨，我们还是会走在一起的。别笑好不好？有时我对于某些事情，可是相当乐观的。但再看看友人的资料怎样写：

在我小时候，故事是这样的：王子和仙杜罗拉双双坠入爱河，一起过着快乐的生活，直到永远。现在，故事是这样的：王子和仙杜罗拉新婚之夜，但因仙杜罗拉那夜又穿着那对“好焗脚嘅”玻璃鞋跳了一整晚的舞，流了一身大汗，一双“玉足”焗得发臭，吓得王子立刻叫侍卫来“请”仙杜罗拉离开城堡，免得她污染城堡内的空气；仙杜罗拉只好连夜赶回那个待她很差的后母的家中，继续她灰姑娘的悲惨生活。后来呢，她好像拍了许多治香港脚的广告。

所谓的爱情，已经再没有往昔的憧憬，添了的是成人们那些现实和残酷。对于未来，缺少了希望和热诚，感觉幸福离自己很远很远……不敢相信、不敢触摸。我常常想，也许城市没有给予我们足够的爱和希望。生活在城市里面，太多冷漠的面孔和孤独的灵魂，我们彼此充满着距离，感觉不了彼此的爱。而太多物质的东西放在我们的眼前，这反而使城市人更加现实和丑恶。就是这个原因，我想童真（我都说不是童贞呀，是童真）就消失了。

我们乐观的生命哪里去了？明天，将会是怎样的世界？其实，爱与关怀就在我们的身边，只要我们愿意去发现和付出，快乐的人生应该不远的。而童话，也不只是一种梦想。我相信，它们都在附近。

2003.3.5

拒绝客套

“中国哲学吗？”

“是。”

“上一课有点名吗？”

“有。”

一个陌生的面孔在我前面的座位坐下来，我们四目交投了两秒，然后便有了以上的对话。如果是那些客套惯了的顽固派的话，大概又会说那位同学没礼貌了。过去我们一直被教育，做事要客气要礼貌。譬如说有求于人的时候，你要先跟人家问好，要闲聊一会儿东拉西扯一番。最好要关心一下别人的近况，顺道可以问候一下人家的父母亲人。当这些事都完成了，你便可以名正言顺地进入主题：“阿边个，江湖救急，借钱五百。何如？”

其实你们或者不太熟，其实你也没甚意思想问候谁想关心谁，你只是有求于人而已。电视剧经常有聪明的人令我相当佩服，在这时通常直截了当：“开门见山吧，不要说那么多恭维话了。”而那些说客气话的人却好像永远都是一副恭恭敬敬的模样，看到多少让人作呕。因此当中国哲学课时那个男同学直接问我他想知道的事情时，我突然对他充满了敬意。他的眼神没有故作恭敬，他的语气没有那种阴声细气仿佛小李子躬身迎接老佛爷的手。他当然也没有纾尊降贵的神气。大家是平等的，只是这个时候，我需要你的帮助，我正好能帮上你这个忙。

我以前也试过同样地被要求帮上个小忙，那个人通常会在问你这个问题之前说："同学你好，我是××系的……"其实我并无兴趣知道你的任何事，其实你只要说出你的需要便可以了。我们再多也只是偶尔遇上，以后也没有故事。像那些连小忙也不愿帮的坏蛋即使你再客气也没意思。真诚便够了，真诚比一切都重要。过分的客气会显得虚伪（它使人反感），过分的真诚却别无不可，再多只会说你没有防避。

在一个调查里面，调查一方找来外表吸引的异性来跟陌生人聊天，交谈过后便向对方推销花瓶。男人比较慷慨，女人却大多觉得和我交谈心存目的一口拒绝。我想，在一个理想的世界里，防避是没有意义的。坦白坦白，简简单单，多好。

2003.3

妹仔和大家姐

常常光顾的那家快餐店那些服务员的面孔都记得了，心里总是为那些做妹仔的难过。妹仔就是那些职级最低的服务员，总是被老板认为办事不力、被厨房认为处理不当、被客人认为服务不周。连部长、经理也毫不例外地批评他们。受气最多、工作最多，“人工”却最少。这真是和广州话“工仔”的含义极为贴近。“打工仔”多少让人觉得劳苦，“工仔”则更为可怜，总让人想到“公仔”。可是这些“公仔”却并不受人保护宠爱，“摇、舞、踩、砌”则样样有份。

我很不明白为什么那些大家姐都这样对待自己的下属。除了我的朋友珍姐以外，好像快餐店里头另外两个做大的都对其他妹仔尤为狠心。大概大家姐也就分成两种，一种是学历高从开始便位高权重；另一种则由低做起，慢慢向上爬。前者多不体察下属，不知道妹仔之可怜。后者则因为曾经历尽妹仔之苦，多少会对下属予以同情。当然，后者是得人欢心的，也就可以长居其位。前者则会常常更换，没法子，实在让人受不了。

上一学年人力资源课上老师便曾经以我们的师兄为例，劝诫我们快将毕业的同学要照顾不同职级员工的感受，不要老认为别人没什么了不起。而现时很多企业聘请人才时也多要求他们从低做起，不希望他们妄自尊大趾高气扬不把下属放在眼内。孔子的人生论便有道:“己欲利而利人，己欲达而达人，己所不欲勿施于人。”老生常谈的话，也不知父母老师对我们说过多少次。不过，如今踩低别人抬高自己、看见别人比自己富有便想办法把别人拉下来但求不致眼红，这种人呀还是到处可见的。孔子又说:“质胜文则野，文胜质则史，文质彬彬，然后君子。”

君子就没有了，比自己强便妒忌，比自己弱便看不起的人却比比皆是。这种人，又没道德，又没文化。

2003.3

混世中庸

别人常对我说，做人要中庸，不要老得罪人。对自己的朋友如是，对敌人也如是。我说，这不是中庸，是圆滑，是世俗。圆滑并不是不想，只是实践上有些难度。而我绝对相信中庸，如果按照孔老夫子原来的意思，我想他的意思应该是中和跟中正。这就非常值得学习了。

中和就是融合，意思就是亦此亦彼，比如说有两个不同的观念，我们便要将之综合起来加以利用，不偏执于其中一方。用于实际便是，虽然说人人都说不好得罪别人，但如果那个人真的做错了事，你便得勇敢地站出来指正；用孔子的理念则是仁理的结合：仁是做人之本，同时需要理的结合。理，便是理性。有些事，在理性面前，是怎样也不可以的。好像说爱你的敌人，好像说包庇坏事，当没事发生。

电影《蜘蛛侠》便有桥段说初有特异能力的男主角看到别人抢劫而无动于衷的事，够“中庸”了吧，这种中庸的人现在满街都是。结果呢，便因为蜘蛛侠没有制止（他是有能力的）那个抢劫的人，下一个受害者便轮到了他的叔叔。他的叔叔便为蜘蛛人的“中庸”所害，一命呜呼。

不如说说中正吧。中正，就是不偏不倚不走极端。尽量站在人人都可以接受的程度上做事，希望让人人都满意。我们便是常常放大了这一种说法，把中庸的观念转化为圆滑和混世。更有人堂而皇之地说这种意义的“中庸”为中国最重要的文化传统。是的，中庸是中华民族其中一种重要的传统美德思想，可是它代表的并不是懦夫性格，并不是代表“多一事不如少一事”“别人的事少理为妙”。只要是真理，便要勇敢地说出自己的看法。并不是世俗，而是正直的世故。并不是为了利益和安全而不走极端，而是出于尊重别人。中庸是融合，却不是随波逐流。中庸是不偏不倚执其两端而取其中，然而却要保持自我的人格和道德。如果说起认贼作父，大概没有人反对这是几乎不可能的事吧。不过现在苟且偷生、在危险面前一走了之的人却到处都是。甚至有能力的人都当没事发生，可免则免。

《蜘蛛侠》里面的柏德叔叔临死时便说：“一个人的能力越大，责任便越大。”不要老是把责任推卸给其他人，要创造美好的世界，我们人人都有责任。理解清楚中庸之道，不要再做懦夫。孔子说，不要对错误客气。

2003.3

小心！风水佬

做模特儿的友人对我说，有相士说她犯桃花诸事不宜，应当隐居好好做学问，平平安安，以后不再抛头露面，也先不要想交男朋友了。我从来是不信手相命理的，对于“吹水”居士的指点也不会当一回事。对于一个现代人来说，我的宗教已由传统的迷信变成理性的科学，没有什么合理根据的东西，我不尽相信。如果说一个女孩长得漂亮便说她有桃花劫的话，面目可憎也最好小心有血光之灾。风水佬好话大可尽说，不好的就最好不要乱讲。反正自己知道道理从何来，行行好，不要害人了。

不久前看《神探方天谬》便有女子求卜问与未来丈夫是否相冲，岂料神棍说她早年作孽太多会祸及伴侣叫她速速远离多做好事。要是女子信以为真，便真坏了段好姻缘，冤孽呀。不知道结果如何，反正电视节目里面这样的情节便多如牛毛数也数不清，我也总是在电视机前反复叫冤，害得母亲以为我又在痴线。

我可是正常得很，或者说，我太不迷信。正如我从来不信自己会染上非典型肺炎一样，我相信只要谨慎做人，什么问题也不会有。我从友人的话中感到了那种迷信的愚昧，因此又要难过了。如果因为别人没来由的话而影响自己的生活，我认为那不值得。可知道她当下正是生命最动人的时刻，她的生活可以多姿多彩，她可以向着自己的梦想勇敢地前进。

我觉得女孩子就是这样，只要是她认同的东西便会深信不疑，我也就无须劝说什么了。反正这也是好的，这个世界美丽与智慧并重的女孩子越来越少了，她这样的决定可能更显得她的智慧。滚滚红尘里，有时美丽与智慧多少都得靠运气（这不就是迷信了吗？），再有智慧的女孩，最好便不要碰上使意乱情迷的男孩。若然出现了，那注定一切都要赴诸流水。越聪明越美丽的人，越是麻木。如果友人的隐没可避免了为情而伤的可能，我想那个风水先生多少是有点良心的。做做学问也不错，或者将来可以有一番成就。这都正合父母们的心意，一心求学，不为名利情感所干扰。既然这样，风水先生，这次便饶了你吧。下次可要小心说话。

2003.3

我在吹出一口（怨/怒）气

如果爵士音乐又要再一次兴起的话，我想现在是最好的时候了。按照这一百年的爵士历史推理的话，每一次的爵士黄金时期都是美国社会最动荡不安的时刻。经济大萧条、上世纪60年代的民权运动，这些时刻正是爵士音乐蓬勃发展的时期。从最传统的新奥尔良（New Orleans）和迪西兰爵士（Dixieland），到30年代的摇摆（Swing）、50年代的咆普（Bop），最后到60年代百花齐放的硬式咆普（Hard Bop）、酷派（Cool）、前卫（Avant-Garde）到末期的自由爵士（Free Jazz），种种风格互相竞技，互争长短。

虽然爵士音乐离观众越来越远，但可以肯定的是，正如当时的社会一样，越来越多声音需要发表自己的意见。他们都是被压抑得太久了。在动荡的时代里，音乐便无可避免地变得歇斯底里，面对同一件事情，可能代表白人的酷派显得有点轻描淡写，依然保持一贯闲适与享乐，然而其他被压迫的群体可能热泪满腔地控诉。不同组织的成立，譬如非洲文化会、芝加哥音乐家组职，弱势社群开始关注自己的地位和自我身份的认同，也都为各自创造特色的音乐创造了基础。

艾灵顿公爵（Duke Ellington）便说过："我不明白，为何在爵士乐同一个名号底下竟有那么多不同的派别。"甚至，两种乐风之间可以有极端性的差异。

那么现在为什么便是爵士复兴的最佳时机呢？战争仿佛远远近近常常使人处于忧患之中，经济时好时坏屡屡压抑人的情绪。日夕岁破，诸事不宜。流行音乐十之有八说些不痛不痒的话，电视又总是一些伪善的脸装着维护和平。作呕。这正和爵士历史的进程非常相似。我想除了音乐以外（那些仍未被商业完全淹没的），便没有什么会以真面孔示人了。也因此，现在的状况就最合我意。假设对于历史的推理没有错误的话，爵士复兴将会使我得到更多知音，不复兴的话那不就正好代表世界和平稳定吗？对于我来说，便没有什么绝对的坏处了。这样的世界，但我不是在发梦吧。

2003.3

爵士酒吧

遥闻 Jazz Club 酒吧的重生，作为一个爵士迷实是可喜可贺。澳门爵士会从回归前红窗门街附近的暗街小铺，到后来观音像旁玻璃小屋。现在，它又移至文化中心。从地址的变化可见，爵士会是希望努力走近人群的。过去在玻璃屋其实已不错了，但由于远离酒吧消遣的热点（实际上不过只相隔一条马路），营业额实在惨不忍睹。毕竟懂得欣赏的人少，愿意多走两步的人也不多，最终爵士会在那里的经营还是在不久前结束了。

在文化中心的话实际上便有两大好处。愿意到那里听音乐看戏的人自然经济条件比较充裕，因此在表演前后的空当会有更多的人愿意在附近花费喝点东西，这能为爵士会带来较好的生存条件。另一方面，过去也有多次在文化中心前面的空地露天举行爵士音乐会的经验，我不清楚在表演期间观众的酒水是哪个机构负责的，但可以肯定如果爵士会靠近表演地点，对爵士音乐和爵士会本身都有着重要的推动作用。

可能澳门人都比较善谈的关系吧，至今并不是有很多人习惯在酒吧三五知己听音乐。也可能大家都不太寂寞，没有试过因为播放或演奏的一首曲子而成为朋友。我比较闷，可以在酒吧一言不发，除了是我感兴趣的事外我都不会口若悬河。听音乐便够了，特别是在这个好像很多事都说不通的世界里。

小说《麦迪逊之桥》（即《廊桥遗梦》，可欣赏同名由奇连伊士活主演的电影）结尾有一段关于男主角若柏在酒吧里认识萨克斯风手夜鹰的小插曲，这深深地感动我。这是男主角离开女主角很久以后的一段日子，因缘若柏要为这个刚加入酒廊表演的乐手拍照。后来若柏便常常来听夜鹰吹奏他最喜欢的《秋叶》（Autumn Leaves），因为夜鹰演奏得非常出色，他们成为了朋友。每次当若柏来的时候，夜鹰便吹《秋叶》。后来听了若柏的爱情后，夜鹰还创作了一首以女主角命名的乐曲。这个酒吧，便成为了一种追念。

这会不会是酒吧的作用之一呢？如果爵士乐真的能打动人的话，我想女主角的名字和《秋叶》的旋律都将是一个极大的疑问和好奇。翻开一本书，走进爵士会，它需要我们慢慢地深入，主动去寻找。

2003.3

冷暖之间

习惯了整个冬季用暖水洗澡，来到了炎热的夏季，开始时我还是想用暖水。大概我是被宠坏了，暖水的感觉太舒服了。冷水澡太考验人的勇气，对于那种冰凉，我不觉得是一种快感，反而令我的肌肉紧张起来。

我一直都将洗澡视为享受。想起往日在家里，当我疲倦当我需要洗擦一天的烦恼，我会走到浴室打开暖水龙头，源源不断的暖水和蒸汽，温暖把我的身心疲累都洗去。但现在，我走到浴室，首先想到的不是享受，而是待会儿我应该怎样一口气冲进冷水里去。每想到这些我总会心跳加速；而事实上，冷水浴的确会加速人们的血液循环。暖水浴的享受变成了冷水浴的高速节奏：我只想快快沐浴完毕，免得再受冷水折磨，动作当然要快了。要不是怕身体太臭太脏，我巴不得不洗澡算了！

这样一个星期、两个星期的过去。和天气无关，我是渐渐忘记了暖水的魅力。我不敢说我习惯了冷水，因为我没有其他选择的余地——我没有热水炉也不想麻烦地打水。我只可能尽量去适应，别无他选！就这样，冷水浴于我已是平常的事，我已有能力去凌驾去克服那第一滴冷水给我带来的刺激。

古希腊医学之父希波克拉底说，治愈是时间的问题，但有时也是机会的问题。生活于温室的小花，永远不会拥有坚毅和勇气。如果我永远都待在家里，如果我永远都有暖水供应的话，我不会有勇气面对冷水浴。

现在太多父母对子女过分宠护，他们总生怕孩子不能好好地生活，因此给他们最好的生活和物质条件；那些父母却没有想过，坚强的性格往往就是从艰苦的生活中锻炼出来的。孩子就这样变得越来越娇生惯养，一点自主自立的能力都没有。正如暖水浴无疑舒服，但冷水浴更可以增强我们的抵抗力一样；暖水浴这些舒适其实只是一时的享受。而好像抵抗力，那些却是一生的生命财富。

2003.3

勉励自己，娱乐大家

朋友中最差的一个恐怕就是自己了。会做些学问的朋友都成绩优异，老是被师长称赞。不爱读书的都出来工作了，现在有份自己满意的职业，人工高福利好。介乎两者之间的即便没有出来工作赚钱，成绩也不怎么理想，但他们有一技之长，能发挥自己的兴趣，得人欣赏又能借此赚些零用钱。我呀，读书总是不长进的那个，终日游乐于花花世界，自谓感受人间世情好去写些文章，实际不过贪图享乐得过且过。

母亲常常都叫我“俾心机读书呀”，担心我将来无出路真的走到水坑尾天桥做乞丐大唱“一无所有”。闲来只懂得写些无聊文章，又不能当饭吃。正如鲁茂先生说的：“写作是连工包料的冒险事业，无中生有，成败难料。”大概也就无所出路了，即使有出路也不是可以用来吃饭的，只是用来走的而已。写作可以作为理想，却不可作为事业。在澳门，确实如此。更何况，我的文章也没什么教育意义，难得编辑大人抬举并得贵人相助，才可一朝得意在华座班门弄斧。只怕早有人隔天摇摇头，两日他妈的向着我的文章直骂。这是什么劳什子呀？！

好像这个世界上都没有多少个人对我心存希望了，这也许和我自己不争气有关，太多缺点太少进步。我们又不妨听听前辈寂然先生怎样说吧：“有些被长辈宠爱得太严重的校园小作家，一点都不在意自己在孤芳自赏，原地踏步。有些对文学很有见解的文艺青年，又往往误以为扮文艺青年比攀上创作的高峰实际，所以他们摆出来的姿势可以很可观，但其写作的质量，却长年停留在谷底。”

“作为一个写作人，一方面要在质和量上做到最专业最对得起稿酬和读者，一方面又要视写作为一场游戏，要用心去玩，花时间去玩，不能玩至天下无敌，无匹无对，至少也要玩得有声有色，玩出应有的成绩。”

以上的话大概我一辈子都说不出来，但求心里明白也能让自己有些得着有些实际行动便好了。唉，钱又赚不到、读书又读不好，连文章也是屎坑臭草。听母亲说，要是再不发奋，就要等发臭了。我想我还要对得起自己的读者的，你们不至于也要放弃我吧。

2003.3

生活，创作的泉源

人们常常拒绝把自己的生活写在文章中，他们的观念认为这样等于出卖自己的生活。而当中涉及的人和事，更直接被指为出卖自己、出卖别人去成就文字。我对于这样的说法采取保留的态度。我认为写作应该是源于生活的，一切我们所得到的对世界的认知，都来自于生活。如果没有生活的话，那么一切便没有了。所谓的出卖生活，或者正如女星裸照成为杂志封面一样，是一个能否报道和应否报道的问题。我们写自己的生活，当然不希望自己的文字为身边人带来什么不好的影响，无论是主体感受或客观情况亦如是。

然而，写生活又是极其可贵的。它可以丰富我们的文字，甚至能让读者感受到自己一套实质的生活价值。它能给人以另一套价值观去发现世界。我们的表述变成一种参照，在两个不同的人之间发生碰撞。而其中的重点，就是文字和生活里头的一种体会。

直接地描写生活而没有感觉和体会，那是没有意义的，再多，只能成为时代的生活写照。而我们的情感正好丰富了描写、丰富了我们的故事，把可能平淡的事情，发掘出深远的意义。两个人在街上碰面，偶然发生了眼神接触，这是一件极平常的事。但我们的反应，或大方地向陌生人问好，或躲开对方的视线不自觉地低下头。如果我们只把事情写了而不加以阐述，那么后头对人文的、社会的和心理的问题的发现便白白浪费了。

我并不介意写生活，甚至我希望通过自己的生活为这个世界增添一些有用的东西。生活也是任何写作的重要泉源，没有它，我任何的文字都变得没有意义。正因为如此，我努力让自己的生活更为丰富、积极。

2003.3

拉面·嘴脸

饭堂来了个新的拉面师傅，我很喜欢吃拉面，所以从第一天我便留意到。过去在饭堂的情况是这样的：一个师傅做拉面，另一个大概是学徒的便负责把熟了的拉面拿上来放汤、放肉、放菜，做些简单的工作。第一天来了，那位新的拉面师傅便很吸引人，因为他拉得很仔细，也拉得特别好，还会拉粗面。因为他，好像那天也特别多人吃拉面。后来原来的师傅说这里是饭堂，你越厉害看的人便越多，而且也费时间，不能应付学校那么多人，最后便要他看着他们（师傅和学徒）怎样操作整个流程。

人到了一个新环境往往便是这样，要慢慢适应未来的日子。然而这往往便使人感到局促不安，哪怕你所面对的，是自己非常熟悉的事情。就好像拉面师傅之于拉面。新来的师傅也很耐心，听着、看着他们在进行，并没有感到难受。虽然，我想师傅一定有自己一套拉面的方式。或者这便是人应有的生存哲学了，故作清高其实没什么实际好处，反正日子久了便知有料没料。

讨厌的不在于新师傅与旧师傅的关系，毕竟大家识英雄重英雄，好几次还见他们有讲有笑老友鬼鬼，大概是同乡也说不定。我所见，最讨厌的是那个学徒的嘴脸。料子没有话却多多，自以为懂得些饭堂的规则和方法，就老对新师傅指指点点。论拉面，他什么也不懂。论资历，他不过比新师傅早来一点而已。这个世上就是有这样的人这样的德性，使得世界添了丑恶少了和谐。

善意的指点，可以使人感到快乐和被肯定被重视。相反，便使人感到被排斥被轻视。难道学徒感到自己饭碗不保（虽然说一个星期后，情况的确如此，现在是两个师傅轮流拉面，分担工作）？这未免太小器了。电视片都有说，在这个时势，要安定就要不断增值自己。谁叫之前不好好学习呢！

三个人的工作环境尚且如此，我很难想象，办公室里面是否勾心斗角、恃势凌人、满布地雷。

2003.3

彼岸的道路

我们常常都希望在不同的地方发现自己，作为存在这回事，并不是个人的问题。存在包括了自我的实质和别人的感知。当我们觉得被忽视，当我们觉得被世界遗弃的时候，自己的存在感便不存在了。不过，现在的人好像越来越少去关心所谓生存或者存在的问题，或者大家都认为那太深奥了，大家都觉得那些应该交给哲学家。可是本体、生存、宇宙这等等的问题，事实上却和我们每一个人都有关系。

当然，深究的话必然花费大量的精神和时间，这样便不是每个人都办得来。于是在讯息爆炸的时代里，这个就免去吧。然而思考是随时可行的，正因为人会思考，我们才称得上人，我们才能够感知自己为人呀。现在的人都是看电视长大的，我们对于所谓存在自有其独特的看法。我们更为虚无了，相信虚像而不相信真正存在的实体。看到电视机前的自己在手舞足蹈，我们觉得那样比现实更为真实。我们追求偶像，崇拜他们的影像，而不是他们真实的实质。所谓真实和实质又太复杂了，不如相信包装和拼贴。因此，所有的伪装都是可相信的。

我们相信数字、追求数字，我们用数字满足自己的物欲，我们不思考人生，却思考享受和退休的日子。安于享乐，无心工作。说到喜欢写作的我们，也常常只关心自己在报上刊登的名字，却少有关注编辑为我们所做的善意修改。我们是无知的一群，活在一个缺乏内涵的世界里。

学者摩尔根说："人类的智慧在自己的创造物面前感到迷惘而不知所措。"时代翻了一翻，摩尔根所论述最终的"社会瓦解"仍未出然。如今却有更多人显得迷惘，甚至有些人迷惘得不知道自己在迷惘。他也说，在最终的社会瓦解后，自由、平等、博爱将会复活，可是再看看我们现在的社会。那么说来，如今的社会和理想的社会相距太远了，要从这里达到彼岸，看来还有很长很长的路。这条路，布满了血和迷惘，一直通往未来，很远很远。

2003.3

既然美妙，那就上

我们常常都希望自己将来的生活可以过得美满一点、幸福一点，却通常不愿为自己的希望付出太多的努力。大部分还是随缘任性之辈，正如小弟。然后我们又通常会在希望破灭的时候极其痛苦，好像世界欠了自己一样，对失败尽可能表示与自己的“努力”无关。可能的借口包括，机会、命运和一切大富翁游戏可能有的情况。游戏输了可以第二天重来，我们的人生好像没几个十年。可能有天吃得太饱，就一命呜呼。

想努力便快点努力了，我记得老师对我们说过，趁年轻，我们输得起。至于美满的前程和幸福的未来，总是为我们打开大门的。怎样才叫幸福和理想的生活，我也不清楚。看看下面的例子能否使你满意：

我在女朋友家烛光晚餐，饭后她走到钢琴前弹琴，我拿着一杯红酒坐在客厅的沙发上。她说：“Listen Gordon，this song is for you.”然后边弹边唱They Say It's Wonderful，那一刻我觉得非常幸福，好感动。（自以为有些品位的人都说英文啦，意思是：“听呀哥顿，这首歌是给你的。”至于歌名我则翻译成《他们都说很美妙》。）

当然我没有这样的经验，这纯然是我通过时尚杂志的访问再加点创意而成的。想有红酒、美人、音乐，又或者英文、几千呎大房子、高级手表、西装、金丝眼镜，那么都得靠你自己了。以上那位哥顿先生，律师一名。现在的电视片已经很少什么打工仔心声的故事，那些不过是对贫苦大众的安慰。现在播放的是一种小资产阶级的追求，正如以前萧芳芳做的千金小姐故事一样，她要你有希望、要你有憧憬，要你相信自己都有这样的一天成为公子哥儿。我们都需要一种对美好事物的欲望。

当下，我已经把一种希望摆放在你的眼前了，至于你是纯然的憧憬还是心里添干劲儿，那则是阁下的事。我也在向着自己认为美好的目标进发，同样欠缺了前进的动力和毅力。写文章的目的，便是希望自省之余，真的使自己今后更努力工作，将来我和大家一起喝红酒、赏美人。

2003.3

孰知欲言何意

在写作和阅读的过程中，我发现某些词不断地改变和出现。我的意思是说，当你在阅读的过程中，不同作者、不同文章所出现的相同的字。举个例子，我们用“譬如”或者“譬如说”这个字眼吧，这个字以前是经常出现的，现在，或者说近几年我都很少看见，换成了“比如”，还有“比方说”。最能发现的一点是，字越来越简单了，同时保持了词义。根据商务出版社 1998 年出版的《现代汉语词典》（修订版），三者是有相通的地方。人们尽量地找寻些比较方便和简单的字来书写，以写作来说，这对于快速的思维活动有非常好的帮助。不用为了一个难写的字耽误时间。简体字的好用之处也和上面一样。

同样的词例还有“即使”和“即便”，这也是相同的意思。我以前常常觉得“即便”一定是排版植字时的错误，后来翻查字典才知其同义。你说即使好写还是即便好写呢？反正现在就是写学术评论文字的人多了即便少了即使，大概那比较有趣也说不定。写作取字，除了考虑修辞和行文以外，自己喜欢便好了。太着意的话反而失了其趣味，老子说“绝圣弃智”，抛弃智慧和那些小聪明，不要有那么多想法，不要老长那么多心眼。人呀，傻乎乎地，有时活得更舒服。郑板桥说嘛：“难得糊涂。”知得多，读又读得不高兴、写又写得多掣肘，老是怀疑这里怀疑那里，看书写字不过消磨时间而已，这又有什么意思呢？对不对。

有时觉得自己读得书越多人就越不快乐，想的事情越来越多。譬如怎样可以拿高分、怎样赚大钱、怎样走上流、怎样可以考第一。读了的书既没有什么体会，无聊的议论则越来越多，自以为学识比人渊博，心里却没有所谓做学问的意思。有些话，说了等于没说，该说的又反复地说喋喋不休，唯恐别人不烦。有些同学做学问总有个模样可以让人佩服，可是我觉得自己依然和高中时没什么分别，依然那么无聊。爱说些无聊的话，爱旁门左道叫人“无为”，不读书，乐得清闲。

要做学问嘛，就要真的是做学问。老想着发达的，不如贷款做生意好了。贷字，读“泰”。

2003.3

关于一个黑人

米高·积逊[1]的访问又引起了一阵哄动，审判和洗冤成了两个对立的侧面。我们是否应该要问，到底什么才是真相？新闻本来就是这么一回事，正如语言，没有所谓客观。人们都在选择一些自己感兴趣的东西加以放大，因此不同的叙述者所描述的事情便可能有根本性的差别。评判的眼睛依然在我们的手里，这个则没有人可以被干涉。因此，一个没有新闻自由的社会所最悲痛的不是报道的失实，而是我们对讯息的选择。没有新闻自由，便只能麻木地吸收。

有报纸评论质疑米高·积逊，为什么天下间那么多巨星，他偏却最是树大招风？甚至有人听到洗冤中米高·积逊说“树大招风”这个词的时候，会觉得作呕、反胃。或者这样说吧，人总是好奇，而米高·积逊太奇怪，不男不女的样子会让人关心对方的性取向、从黑皮肤变成白皮肤会给人觉得有辱祖宗。我们怀疑他整容的目的一如他的皮肤，总让人相信这是一个黑人歧视自己为黑人的表现。因此，自觉有社会良知的无聊人开始要在他身上做文章。

如果一个人“行得正企得正”，管别人怎样也无法击中你

① 即迈克尔·杰克逊。

的要害。但经常有离奇古怪的行为，那就很难叫人信服了。可能，他只适合活在舞台上，甚至有这样一个人在大白天里出现，我们会怀疑他是不是科学怪人、我们是否撞鬼。一个远离了人群的“天王巨星”，一个不能晒太阳、不能大力擦脸，喜欢孩子多于女人的“白人”，所有的怀疑便都变得有可能了。

我记得四五年前美国新闻网访问米高·积逊时问过他：“你觉得你现在是黑人还是白人了？”他说：“我是白人。”那一刻我真的反胃，就好像看到电视机中反骨仔出卖兄弟的场面一样。我拿出当年 Thriller 的黑胶唱片，好端端一个黑人青年侧卧在唱片封套上，多么英俊呀。今日他变了面具，眼耳口鼻可以随时变化，闻说，还要为丑行洗冤。

2003.3

活着便最好

中国的哲学思想是一种活的思想，这不同于西方，他们用了大量的时间去探讨那个死后未知的世界、探讨人的本根、宇宙的本体。人死后将会去到什么地方？我们的灵魂将会怎样安身？中国也有对这些疑问进行解答，可是我们更多地关心活着的事情。比如说儒家思想里面的入世思想，“未能事人，焉能事鬼”“未知生，焉知死”等等，都带有明显关心活着世界的倾向。而道教研究长生不老之术，中国人探讨养生、尽年，这都是生的问题。

余华小说《活着》的主角福贵，从富人到穷人到一无所有，由三代同堂然后一个一个地死去到最后“冚家铲”，照样活着便好。能活便好了，能感受这个世上的一切，已是万物的造化。死了，也就什么都没有了。1989 年张艺谋做主角的电影《秦俑》，当巩俐和张艺谋在秦皇陵内被机关所困快将被压死之时，张艺谋问巩俐：“真的那么想活吗？”她说：“我要活下去，只要活着便好了。我不想死。”

的确，死真的很可怕，这正因为我们对这个世界带着极大的留恋，还没有看清世上的一切（至少看得多少就多少），那么快离开红尘，未免太可惜了。当别人问我认为世上什么是最重要的，我想不是亲人、不是金钱、不是爱情，也不是其他的一切，我可以肯定，最重要的是生命。只有当自己拥有了生命，以上的一切才被赋予意义，当我死了，“老婆，你可以名正言顺找个好佬改嫁了”。

米兰·昆德拉的短篇小说集《可笑的爱情》里面便有一篇关于死者要生者让位的故事，他正是要用故事来讽刺那些麻木尊敬死亡的无知行为，他要证实只有存在才是一切意义的根本。当我们活着，才能做我们想做的事，才能思想我们想思想的问题，才能爱我们的爱人，才能使用我们赚来的金钱，才能感到幸福和不幸，才能争取和放弃。没有了生命，便没有了一切。“我们大家都应当记住，朋友活着的时候就应该好好关心他，不要等到死掉之后才来追念。”美国小说家费滋杰罗（Scott Fitzgerald）在《大亨小传》里面借人物渥夫辛这样说的。

而模特儿Maggie Q在一个访问里面也这样说：

Love, while you're got love to give.

Live, while you're got life to live.

（去爱，当你有爱可以给予；好好地过活，当你活着的时候。）

以上的话都带有极其深刻的“生”的意义。如果你连活着的事情都没有做好便去想便去祈祷死后上天堂，那么算了吧。

2003.3

冬日的早上

昨天晚上一直看书看到深夜，差不多凌晨三点。每一次阅读，我总有似乎读懂了一些的感觉或体会，可是无论如何还是无法将那种感受表达出来。或者这就是我的天性吧。

早上异常地早起，和朋友相约去打篮球。我比他们早了一个小时出发，到我高中时代的学校附近散步，顺道也怀缅一下自己的学生生涯。我在大清早已经开门做生意的小店铺里买了一点小礼物给还是高中生的妹妹，然后继续一个人在街上逛着。

相约好的友人还是没有出现，在他家的楼下站了好长一段时间，最后他们还是没有来。那段时间只能到处看看，试图找寻眼睛一个聚焦的地点，也好去打发我无聊的时间。

我在那里的巴士站待了很久，上班的人群在巴士站上上落落。有四个人和我同样地等了很久。两个打扮得很整洁而美丽的女性，留着长长的头发，一个眼睛很有神的男人，还有一个穿着紫色背心的老婆婆，背有点驼。

我看了看那个男人，他手上拿着文件，似乎是准备去某个重要的地方，穿着的黑色皮褛挺有性格。然后又看了看年纪比较大的OL装女士，很有风韵，头发染了一点棕红色，和她一身黑色的套装很相称。不久男人和女人都上了巴士。大概是相同的车路，不同的落车站吧。

另外一个比较年轻的女孩也很漂亮，比 OL 女人更漂亮，我猜她是个大学生。穿着长长的黑色大褛，一个陪衬的黑色布袋子。她样子的漂亮似乎带有某种特别的力量，看着她，像可以通过眼睛呼吸清晨的露珠和雾水一样，仿佛身边会出现一种天然的草香，那么的清新动人。她的下巴形成一条很诱人的弧线，让人会想起很匀称的小新月的那种。我总觉得她像某人，或者是曾经见过的。是我梦中的女神也说不定。

为了让自己的疑问和假设可以冷静一点，我不敢再望她。如果真的是梦中情人，这刻她会觉得我怎样呢？不知道，这个问题也真使人伤脑筋。还是转向巴士站后面的超级市场望去好了。

我望着橱窗里的酒柜陈列着的酒。一列一列地看着，有威士忌、Tequila、Rum、伏特加、马爹利、VSOP、XO 等等。我反复地数着各种酒的品牌和数量，然后久久地看着我喜欢的伏特加，无色无味，看上去像水一样，在不同的酒中显得那样的自然。我国的白酒也是无色的，但是有酒味，伏特加没有，它只有喉咙间一阵的灼热，是仿佛激情的东西。在平淡的生活里，突然其来的一阵痛快的感觉。

我不断地在想关于伏特加的事。这时老婆婆突然走过来，问我一支人头马 VSOP 的价钱。价钱牌贴在一个要用很奇特的角度才看得见的地方，我拚命找到那个角度然后清楚地阅读价钱牌。我告诉了她那个价钱。

老婆婆似乎对这瓶一百九十九元的酒很有兴趣。然后她又再问我，那瓶是不是马爹利，我随便答了是。其实我也不太清楚，反正就是看上去很名贵的那种酒，而价钱则相反。

我忽然间想，如果有一天在报章上有一篇关于一个穿着Nike运动裤、红色卫衣、戴着鸭舌帽的男子望着一瓶伏特加发呆的文章，世界将会有什么变化呢？即使没有变化，当我看到后，会不会再想起身旁的那个女生呢？又或者，那个女生偶然地读到这篇文章，会不会记得那个人便是她，而她又会不会记起我？

或者，那个女生其实也在留意我吧。我心想，我们是命中注定要彼此认识的；甚至，我们在将来必定拥有几段动魄惊心的故事也说不定。

每一个过路的人都有一个故事，每一个在街上发现的人也有一个可能。生命不可能排除任何可能，所以人才会幻想。可是，我还是什么也没有做到。我既没有向她打招呼（反而有意避开那边的视线），也没有故意靠近她（反而刻意站开一点）。整个世界也没有变化，人们依然在等待巴士，天气依然有点冷。而我们的距离，所有的一切，都和过去没有分别。

那个漂亮的女孩子上了22号巴士，我一路目送着这辆车离开。

这个早上，什么也没有发生，只是一个非常无聊的男性在街上做着非常无聊的白日梦。冬日的早上，一如往日般平静，没有战争也没有恐怖袭击。只有风，在城市里，偶尔带来一点黯然。

还是回家算了。

2003.4.23

时刻如此严峻

当城市里的人个个人心惶惶，试图努力解决或摆脱疫症的恐慌时，“万众齐心”成了一个很好的口号。我们希望通过大家一致的信念，为彼此打一口强心针、为城市添一份力量。看电视新闻时，好像比以往少了一些示威游行的报道，少了一些穿着哲·古华拉[①]头像 T-shirt 的知识青年政治分子长头发短头发长须短须。我们这个城市要比海对面平静得多，因此在这个时刻，我们一如看 Yes 杂志一样，关心的都是些邻埠的事邻埠的明星，比以往有过之而无不及。

然而最可笑的是，在一众齐心抗炎的日子里，私心和私欲也在人群里所见不少。保命事大自然没什么可说的，这是个最危险的时刻。但有人仗着政府处理事件的失败要求领导者立刻下台，似乎则并不合时宜。谁不在关心肺炎的事呢？而他们关心的却是怎样要他下台（这大概是最好的时机了），怎样搞革命企图使自己成为新一代的领导层，谋朝位。既然有那么多时间发表意见大数别人的失职，为什么不用它来体察民情、救急扶危呢？前事是使疲惫的城市复苏，当一切结束以后，再来总结这次的经验不是更好吗？

---

① 即埃内斯托·格瓦拉。

可能我从来对政治都缺乏一种洞察力和理解力吧，我自以为在这个时刻没有比消灭疫症更加重要。“只要能使百姓过好日子，谁做皇帝又有什么关系？”现在人人活于水深火热之中，那些乱臣贼子却永远只顾怎样打倒自己的眼中钉（参看电视剧《帝女花》)、怎样做皇后、怎样面子要紧。私欲，使人总是忘记了那些重要的事；国难当头，重点不是要粉饰太平，重点的不是“反清复明”。我们需要的是幸福的日子，每日都能过着自己喜欢的生活，没有被禁止的任何事，侨生可以回家、大家不用被隔离、刘医生不用死、外出不用戴口罩、社交不提非典型。

2003.4

感动回忆

如果你说，在中学时代你没有过任何在内心感情激荡的话，至少在这个时代来说，你是一个极为特别的人。不得不承认，我的中学时代（甚至是如今的大学生活）实在过分的精彩了。母亲便常常骂我把太多时间浪费在学习以外的事情。很明显地，她的话是对的。但往往一个孩子便是这样，要跌倒过、要失败过才知道痛楚，才懂得道理。

费兹杰罗曾经说过："每一个人都相信自己至少有一个优点，我的优点就是诚实。在这个世界上我所知道的诚实的人不多，而我是其中一个。"我试着在文字里面对自己、对别人、对生活诚实。然而，这却是很为难的一件事。说自己诚实的人，五年前还会以欺骗自己为荣。我们只能对往事诚实，因为一切已无法改变。而那些正在发生的事情，我们都习惯说谎。

现在回想几年前的历史，想起那时的恋爱、学业和前路。记得老师在课后邀我到会客室里和我静静地攀谈，想起她安慰我、指导我。当时太多事情的困扰，使我无法把自己的感觉弄清，也无法向人开口，只好写信跟班主任倾诉。每一个教过我的老师，不是予我包容，就是给我指导和教训。我觉得自己太幸福了，每个人总是不计较我的所作所为，总是那么地爱我。他们给我机会，虽然我不把握。

有时想起那段岁月，我便忍不住拿起笔来想要给爱过我的人写信。然而又总羞于自己的不是，每每写了却没寄出。或删去了名字，当成自己无病呻吟的抒情。或者，当你知道什么是爱的时候，你便注定了活得苦恼与困惑吧。爱是幸福的，回忆是甜蜜，正因为其中有着淡淡的苦涩。

这几天总是被一些回忆触动得悲喜交集，回忆的片段反复地在脑海中浮现。想要感谢一些人，我的老师、同学、爱人和朋友，没有你们，我便无法来到这个地方，继续着自己的路。

2003.4

疫症下残留的文字

在疫情非常严重的广州城，对于像我这样的学生的影响一天比一天深。我并不怕非典型肺炎，但和很多人的感觉一样，我对它无能为力。

习惯了每星期和朋友结伴外出，在学校的情况相对稳定的时候，大家尚且怀着紧张的心情和我出去。当情况被传媒忠实报道以后，当学校有一系列措施预防疫症以后，大家都借故推却。大家都努力劝我戴口罩，劝我不要到处走。母亲会打来电话劝我留在学校，劝我午晚饭都留在饭堂解决。他们都要求我“自我隔离”。我说我不怕死，死生有命。他们说：“你不怕死别人怕死，你死不了却传染别人。”于是每当我想到北京路Shopping，去上下九、烈士陵园拍照，去二沙岛看看有什么表演展览，最终我肯定只能独自成行。

以后，也放弃了，况且星海音乐厅不会有表演，广东博物馆不会有展览，所有的大型活动被取消，连去唱片店也不会再有人跟我争CD，到处空空的、冷清的。在这些日子里面，最受欢迎的娱乐是运动，在那里人们暂时忘却你是不是“非典型”（请不要咳嗽、打喷嚏、疲倦、流鼻水）。买了的书很快便一本一本地看完，书店没人陪我去，图书馆却越来越多人。出入学校要出示学生证，然而不用量体温测热量（还好）。到任何餐厅不会再有满座，上网有特惠价。对着电视机的时间越发增加，三线剧是留在家中最好的娱乐，还有留意疫症的消息。

平时周末的节目总是多姿多彩，去年我的计划是用最后的一年半大学生涯游遍整个广州。我想正如所有为自己安排的计划一样，一切又要泡汤。自己的主页里面，越来越少风景照片，可以更新的只有在房间里的自拍。文字，也仅停留在心里对一些景物的憧憬与幻想。

没有生活，所谓的艺术、创作和灵感，全都离我而去了。

2003.4

绝望叫喊

每日无事可做，回忆成了精神唯一的出路。甚至看一本书、听一张唱片，也没有任何感悟，只能想起某些人、某些事。好像去年在酒吧听过的声音、看过的人、感触良多的时刻。现在酒吧已经不去了，去了准被人怪责。正因为越被压抑，人就越想突围，那些无法在今天办到的事，总是反复地想。

那天“冒着生命危险”到唱片店去买CD，生意不好，铺子里的开价也不敢太贵，买了Rod Stewart的It Had to Be You、Eric Clapton的Reptile、Bobby McFerrin的Beyond Words。想起马友友和Bobby Mcferrin合作的那张唱片，几个月前知道有新货早早在店前等开门争着购买，小小的店里总是人头涌涌，叫价贵、货种少。以前买十来张正版CD店员也不过对你笑笑，今天我只是买三张普通的唱片，卖唱片的哥哥已经毕恭毕敬地向我大喊“感谢”，还叫我以后多多关照。生意难做。

至于那张马友友的唱片买是买了，现在身处澳门陆奥的家中。想听吗？那可不是给四十块钱买车票回澳门的事呀，要听任老天爷的造化，等满城的风雨渐渐过后，小弟才能再次听到那首活泼跃动的《大王蜂的飞行》。而手上这三张唱片，无论怎么比就是无法与脑中想到的那些唱片好。我的脑袋每天都在想着家中那一行收集已久的John Coltrane作品，想着文化中心、想着唱片店最近推荐什么唱片、玫瑰堂前的周末还有没有一些小型的表演。

已经很久没有回家了。人总是对无法得到的东西，锲而不舍地缅怀、思念、追求。或者它并不真如你想象般好，然而正因为你无法得到，它就永远地那么好，永远地放大，永远地悲痛——天呀，我什么时候才能回家？为什么要有非典型肺炎？

2003.4

我无为

昨天学校心理保健室在路上派发关于非典型肺炎的传单，里面有一句说话这样写道："我们要恐惧的，正是恐惧本身。"的确，当今要不是有传媒反复的报道，要不是有人不断地散布谣言，我们确实不会如此这般恐惧。非典型肺炎可怕，但更可怕的可能是精神的恐慌。单是学校里面，从 4 月 28 日到今天，不同的传闻在每小时都有不同的变化。首先是怀疑封校，有人要被隔离，"五一"取消假期侨生不能回家。4 月 28 日晚，听说晚上开始便禁止学生出入，很多人立刻收拾衣服逃出校外或立刻回家。

多得电视机不断地报道，我们真的越来越怕死了；甚至在路上烈日当空人们也没有想到自己会中暑，性接触也不会想起艾滋病，他们只知道非典型肺炎。当这个疫症越来越被大肆地报道，我开始越来越厌恶看电视了。我想，如果我这几个月都没有看电视没有看报纸，甚至别人的传闻都充耳不闻，今天我的生活会否过得更自由一点（活得不自然，还叫什么生活）？别怪我，这是我的天性（别学我，因为我或许已成了一个很好的传染工具），我无法接受戴口罩、少外出被隔离的日子。我就曾在梦里看过自己把口罩挂在头的后面，上面写着"道法自然"几个大字在街上以示抗争的情景。

当然，如今我叫大家像以往一样地生活等同于叫大家“去死”，谁又不怕死呢？但至少我们得消除自己的恐惧，让精神得到宁静。老子“小国寡民”“绝圣弃智”的思想或者在当下便是最好的方法了。如果我们只是小村庄里面几个小村民，对外界的事一无所知，我想所谓防避、安身的事便可有可无了。我们既不知道疫病，也不知道防治，自然而然地生活，继续日出而作日落而息，可以视肺炎于无物（你也可以视为天然的防御性隔离吧）。

老子说：“为学日益，为道日损；损之又损，以至于无为。”这就作为我对于非典型肺炎、对于儒家“学而不厌”精神之外给大家呈报的另一种说法、思考或参考。当然，并不是说那就是对的，只是老子曾经这样说而已，叫做“无为而治”。

2003.5

诗人的疑问

澳门为什么那么多诗人？为什么我们够格被称为诗岛？听说，以人口密度来说，世界上没有一个地方比澳门更容易碰到诗人了。

这个问题，或者就像问为什么美国犹他州盐湖城那么多摩门教徒一样，不过是些传统而已。在过去关于诗和诗人的这个问题上，人们通常会认为小城独具一种闲适的气氛、中西文化交流的契机，既有中式的传统源远流长，又有西式的思潮加以伴奏，于是人就特别诗情画意，喜在风景面前吟咏一番。我想，这是有其道理的。或者说，过去那些优秀的作品和诗人的出现，其原因确实和以上的种种有密切的关系。

然而，近来我对这个所谓诗人特多的诗岛开始心存怀疑。到底诗人多能够意味些什么呢？

在我看来，诗人多而没有好作品那是一个极大的危险，这不过说明在小城里有很多人白拿着诗人的虚名在招摇撞骗（或者说好让人觉得自己与别不同）。而有些写诗的人并不真的因为喜欢写诗而写诗，也并不因为一种情感非用“诗”这种形式来表达不可才书写诗行。他们更多地认为写诗在文学的境地里比较容易蒙混过关，既取巧又是成名的捷径，于是随便拼凑一些似诗非诗的文字做些“伪善”，欺世盗名。而那些掌握文字把戏的男女，所谓写“诗”就更是易如反掌了。

那么什么是闲适？不如说是懒惰呀。即使是真的写真诗的人，其写诗也不过因为诗比较省时而已。澳门没有全职作家这回事，如果业余要创作文字量庞大的作品，作者可能无法承受那种长时间的寂寞。太长的业余写作，实在也无法完成，从心到身都是。那么小城的诗便跟小城的专栏散文一样，可以用同一个方法理解了。如今，不想做懒惰诗人的干脆放弃，那些写伪诗的继续努力。写诗，都是些爽快活儿，无聊的时候最经济的娱乐方法。写几首自以为罗曼蒂克的情诗，还可逗情人一笑……

我已经很少写到一首让自己满意的诗了。我觉得与其做一个勤奋的伪诗者，不如努力地写篇满意的文章或者论文算了吧。澳门那么多诗人，少我一个也没关系。如果真的要写，我希望那首诗至少能感动我自己。至少要像前辈那样，不负诗岛之名。

2003.5

如此环境

一个失眠的晚上，播放Cannonball Adderley五重奏日本演奏会的现场录音，戴着耳筒的我，惊叹几十年前的音乐到现在依然历久常新。Hard Bop的热闹和乐手纯熟的技法，拿现在的音乐比较依然没有一个乐团可媲美这个录音。这个失眠的晚上，不禁又使我增添一些杂乱无章的思考。

文明不断地发展，科技一天比一天进步。然而艺术到达了某个定点以后，总是无法前进。前人的成果总是那么难超越，后来者带着越来越多的压力苦苦前行。胡适的《尝试集》在文学史上自然有其不可替代的地位，然而如今再写那些像《尝试集》的诗，难免就要被人笑话了。现代与后现代打破了过往艺术的传统，开拓了一条艺术的道路。然而打破以后，人们依然发现在废墟之中难以寻找明天的方向。我想这些无疑是真诚为艺术的创作者最关注的课题。换个角度看，如果我们觉得没有一张新的唱片能媲美经典之作的话，我们可以说当代的乐手们正努力地在寻找那些经典以外的形式，试图避开一些难以避免的比较而已，他们依然具有创意和美感。

但另一方面，有些东西无疑是不复当年了。而那种倒退，无疑与当前的社会进步有着极密切的关系。在一个关于郑伊健的清谈节目里头，罗文这样评价新一代的歌手。他说：现在的新一代可供成长的地方越来越少，他们不像以前的歌手，有酒廊、有酒吧、有 Pub 可供练习。现在走音的人依然在走音，但过去是现场表演，一走音就会被人拆台。正因为这样，歌手才被逼出功力。被喝倒彩，正是进步的开始。最后作为前辈的罗文非常感叹地说:“自从有了卡拉 OK 以后，这些都没有了。”

这正是某些新一代的作者、歌手、艺术家所具有的严重问题。因为没有可供练习和较量的地方，现在的人便不羞耻于自己的不足了，也不觉得安于现状是对自己工作的一种罪过。没有人拆台，就算有也可收买歌迷用欢呼声覆盖。无法唱高音，没关系，不过在后期制作里添些和声、再用混音机加些特效 Effect，那就既时髦又 Cyber，绝对 21 世纪非人声歌手——卖样不卖声。

不过，难得那些迷哥迷姐又接受呀。在这个时代里，那些被宠坏的，又怎会知道进步这回事呢？

2003.5

我们的流行曲

正好又是电视台的郑伊健的专辑，大概是伊健又要发力了。以前我觉得他的歌声很一般，然而又十年，比较起来，他的歌在现在来说可算是很不错了。并不是说没有好的歌手，只是少而已。我一定在寻找一个问题，所谓的流行曲应该怎样唱呢？在那个专辑里面，陈小春给了我一个可供思考的地方。

他说："唱流行曲就是要讲感觉，唱出Feel（感觉）便可以了。如果你要讲唱功，不如去学莫华伦。流行曲就是不同，重要的是能捕捉当下人们的思想。"

或者我们把流行音乐的时代推移到一百年前，爵士乐的开始。爵士乐在最初并不是什么高尚的音乐，正如罗文所说的，是在酒廊夜店献唱的娱乐歌曲。小春说得对的地方是，感觉的确是音乐最重要的地方，甚至要高于唱功。然而流行曲不是不需要唱功，只是那种唱功不同于莫华伦的声乐。追溯到爵士年代，我们可以发现，流行音乐的唱功是指"风格""个性"和"独特的声音"。我们试着看爵士乐三大女声，Ella Fitzgerald、Billie Holiday和Sarah Vaughan，只要一个音便可以认出来了，艾拉天真、比莉凄怆、莎拉精致，她们对音乐都要求尽善尽美，甚至其音域可以超越那些唱古典音乐的女声。而另一方面，即使是夜场舞曲，也可有独特的灵魂。

Billie Holiday 写下的 Strange Fruits《奇异的果实》(象征一具被吊在树上的黑人尸体)，其历史性和精神内涵使其成为一首不朽的作品。

因此，怎样唱出感觉呢？用心唱，也要有技巧地唱，注重演绎的方法，练好自己的歌声。怎样捕捉当下人的思想？人的生命不单只有爱情而已，关心社会、注重深刻思考的歌词将是一条很好的出路。不是没有情歌，但我想不同主题的百花齐放才能使音乐不致单调。流行曲可以是 Beyond 的《光辉岁月》，可以是郭富城的《爱你的流浪猫》。音乐风格可以是 Aaron 的中东风情《渴望》、刘德华《你是我的女人》、李克勤的 Victory。每一首新曲，都是一个新惊喜。不要十首歌，九首就差不多。

2003.5

为了你

分隔异地的爱，总是充满危机。我们无法预料自己最脆弱的时刻何时到来，然而正是这些时候，我们更需要爱、关怀和支持。偏偏我们分开了，在彼此正需要对方的时候，无法立即到来。有时更因为各种原因，更暂时失去了联络，失去了消息。人长大了，总要学会爱。试着回想大家那些无知而不懂爱的日子，可能我们便这样分别了。现在或者不是我们已经懂了爱，可能，只是我们比以往懂而已。

我在中学时候作文曾经写过“学生应该谈恋爱”的论点，以前觉得自己很前卫、很好玩、很有挑战。那时候胡老师叫我把那篇东西投稿，试试被“批判”。那时我便知道理亏。连自己都无法说服，又怎样去说服人呢？而今，我更加觉得过去那个论点站不住脚。我觉得学生应该谈恋爱的论据主要是“经验”和“体验”的说法，我认为年长的时候经受失败要比年少的时候受伤来的沉重，预早学习可以锻炼自己，可以使我们更早懂得爱。

表面看来以上都可以接受的，可能因为我当时并无太多“经验”可言。时至今日，我确实要把它推翻。因为，原来爱的“经验”和“锻炼”并不一定要通过谈恋爱来达成。爱是一种人与人沟通的方式，一个人的成长、一个人对于生活的经验和理解，都足够提升我们爱的理解。甚至，过早地活在两个人的空间，可能使人的生活窒息与死亡，爱使一切变成无聊和苦闷。

因为我们不懂所谓生活，生活并不是把所有的时间放在伴侣的身上。因为我们不懂得生活，所以我们不会调节自己去迁就别人。因为我们只关心自己在爱情中的满足，我们便忘了给予和交托。甚至我们不知道怎样去“为”对方，只知道爱得死去活来。

如果你懂得了生活，你的思念会使明天充满希望。没有他／她的日子，你会过得很好。没有独守空房、没有孤枕难眠。为他／她，我们积极地生活，读些书、赚些钱、找些事做。歌是这样唱的：

走进书店　小心地找出所有动人巨献
要是未来共你碰见　可以给你推荐
选好了餐店　一早将餐单仔细反复试几遍
以便突然跟你遇见
能早有预算　可于哪一处欢宴

2003.5

春风园里的图谱系列

暗示刺激和无为自学

春风园里的老师们是五花八门的，我们忽略那些偷懒、毁了花儿折了树枝、为份粮搵两餐的园丁不提，从中能找到的那些好老师、启发我们的老师实在也不少。为什么我们在同一所学校，但心里认为的好老师却未必是同一人呢？我认为好老师是要发掘的。有些人对你好是很明显的，然而有些则好像《南海十三郎》一样，对唐涤生的教导可能无法被轻易理解。以下便略记中学时代所发现的好老师形象，方便看官“对号入座”一同庆贺。好学校易找，好老师难寻。

一、“诈傻扮懵”暗示的他。通常人人都只觉得他幽默，有时语无伦次“九唔搭八”，但实质常常有意无意给你暗示，刺激你的思维。没有逼你做什么，而是要暗中引起你对事物的兴趣。不感兴趣的话，强迫你也没用。在很久以后我才发觉，课后他要我试试做的这道数学题竟和考试有关，在停车场问我铁闸的电锁怎样感应按键可以进入更深层的探讨。如果我们没有把握住，那么他不过是一个喜欢考试出难题、平时古古怪怪的数学老师。如果把握住，他的目的便是要刺激你对学问的追求。

二、“无为而治”逍遥的他。上课的时候会把应该讲的都讲完，认真地完成自己作为教师的工作，然后便自习。老师并不要我们做些什么，常常感觉便是“我无为而民自化”的那种，可能对学生也抱什么希望的关系吧。常常看着他会想起《男人四十》里面教历史的张学友，其实老师并没有理由迎合学生什么，可是他做了，为我们说些笑话，让我们笑。然而，深层的意义是什么呢？自觉学习本来便是学生的责任，虚心受教本来便是学生的精神。他会偶然给你几句鼓励的话，觉得你做得不好便轻轻给你说几句。你明了最好，不明白老师已尽了本分。

老师也会寂寞。其实他并不是什么都不懂，甚至他收藏自己的才华和梦想，养育了绿草如茵，“大隐隐于市”。这种老师要试图走近他，听听他的真心话；那里面，便是经验的宝库。

如亲人般的爱护

三、用爱感化的她。可能是女性老师的关系，如果不是河东狮的话，一般都很温柔。有时会像母亲一样，包容你的错误，指出你的弱点。并不是说慈母多败儿，问题可能是“败儿”往往得到慈母更多的爱。因为他们习惯了在人间恣意，他们需要更多的爱去抚平那颗顽劣的心。当她看到我在测验卷上把那些简单的单字都空掉，她并没有责怪我，反而耐心地叫我用心地读，不要浪费自己的能力。而她即使在我成绩最差的时候，也毋忘给我信心、支持和鼓励。

我从小便习惯被那些无良的老师怒骂，因此被人耐心地劝导时会为自己的过错感到内疚；习惯被人轻视，当有人如母亲般长久给我信心，我便会感动。或者他们实质上没有教给你什么，但我们在这人间多年到底要学习些什么呢？能知道什么叫作爱与希望，那已经很不错了。可能这种老师的影响并不能立刻被我们发现，但当我们回头一看，能在漫漫人生中温暖我心的，其实并没有几人。

四、严爱兼备的他。老老师通常都有的习性，就如夫子在学堂里一句一句跟你讲学一样，严是要你真的学到些什么，爱是爷爷般跟你尽数当中情。有些老师很好玩，但并不一定跟你讲真心。老老师则不同，他们的故事可以给你讲好多个晚上，那便需要我们去聆听去欣赏。那些学到的东西也在里面，你可以知道很多别人不知道的，你可以吸收经验。在严的面前，像我这种“三流学生”可能并不引起老师的热爱，因为我永远无法达到老师的要求。但在他们爱的世界里，我相信，只要不老是想着年龄会形成代沟、理念会引起分歧，老老师一如“爷爷”的世界将会给我们意想不到的收获。

不要常常让老师难过，因为我们很容易便会让老师难过。不会难过并不代表你做得很好，而是老师放弃你。如果曾经让那位老师生气的话，要勇于承认，要向老师道歉。应该心存感激，因为我们总是和老师走在同一条路上，就如亲人一般。

用情感激荡生命

五、做你朋友的丁岚。如果我们都留意丁岚的文章隐含的爱和信，便知道这样一位老师会跟学生打成一片，甚至推心置腹。我们在书本里、在课堂上所学到的东西其实已经基本足够了，问题是我们要怎样发展自己。在这个人与人越来越疏离、学生会抗拒老师的日子里，一个人能与你交流，给你见解，能与你沟通，消除彼此的寂寞，那便已经很不错了。何况，一个能让你热爱学校、热爱自己的兴趣，引领你超越自己的老师竟然和你如此亲近，想法又如此接近。我想，他的学生一定会对这样的学生生涯非常珍惜的。

重要的是，他能打开你封闭的心，让你肯接受。情况就像初中时校队的地狱式训练，它能使你超越了本来可能达到的高度，走上更高的层次，超越了自己。试想，即使不是一个老师，有个人能常常跟你聊天，你也会觉得他很重视你，很关心你吧。这种老师并不易找，能真诚地对待你的老师，一定不是坏老师。

六、激情演绎的他。在一篇文章里面作者林位强先生说，语文老师应具备“情感的力度、思想的深度和语言体态的适度”。语文课对于中学时代来说可能是个很特别的存在。因为除了语文和文学本身以上，他具有教化、感染和启导的作用。这也其实和文学本身具有的力量是相类似的。只是一个月而已，我便这样被一种对梦想追求的激情所感动。情感，是语文教学的灵魂。“语文教师授课就是从审美的角度用情感去教育感化学生，培养他们的审美感知力、审美鉴赏力和审美创作力。”甚至，他让你爱上艺术、爱上文学、爱上生活和理想。上他的课绝不闷，他让你发现自己的兴趣，发现自己生活中很多美好的事物，他让你感动。

而正如你现在所见的，我便是被这样一种情感教学的激励走上现在的道路。用自己的激情感动人的老师并不多，因为这个世界拥有激情的人事实上也不多。正因为这样，这种老师才深受爱戴。他把学生当作跟自己走在梦的路上的同行者，和你分享在人生路上的点点滴滴。博学多才而又易于亲近的良师益友，他可能便是我见过的老师中最好的一种或一个了。

2003.5

澳门刊物欠缺些什么

回澳门找资料好几天泡在图书馆里面，很快就从书、报章、杂志的评论文献中找到了有用的资料，这才发现澳门出版的书籍也不少，却好像从来都没有人向我提及，有的都是前辈和朋友的著作。真的是有人看了觉得很好而推荐给我的澳门书刊，好像没有。澳门的刊物其实出得很全面，以这样一城的人口来说，确实是很不错的。特别是史料文艺的著作，以业余作者来说，可算具有很好的成绩。

问题是，好像那些东西都无法吸引年轻人。其实以作品论并不下于其他城市，老实说像内地一年出版那么多书，一等货有多少，三流货有多少，那都是心中有数的事情。至于香港、台湾出版的书籍，好卖的不过是那些快餐作品，易读、好懂说了转眼就忘的东西。澳门作品不是不好，之所以没有吸引起群众的注意，第一可能只是内容不够轻松。现在要人看一本满是文字、枯燥乏味的书简直便是不可能。于是小说要有些噱头、诗不用来看是要用来扮有品位、史料“枕头”装饰书架，文字其实很其次，反正看了就忘。情况便是这样，不如写些轻松的东西吧。

另一方面，则可能是版面设计的问题，这也是从第一方面引申出来的。没有包装的话，在现今社会好像做什么也不行了。举个例，好像不久前帮朋友买些消闲唱片，问他们有什么特别需要，结果不是歌的类型（当然，最好便是Easy Listening易听柔和的音乐），不是乐风，而是封面设计得好不好、唱片够不够漂亮。这都是大环境所致的，并不是单单澳门的事。澳门刊物之所以显出这样的问题，实在因为太少包装，非常少包装。设计也并不尽如人意，放在书店里面，一副官方书刊的感觉，死气沉沉。这样再好的歌，也没人听啦。

幸而近年出版的图片集、澳门回忆等书籍在包装设计上下了功夫，无论是收藏家的胃口或读者的阅读心理都能很好地顾及。虽然价钱可能比较贵，但是正如上面所说的，在这个物质需求越来越表面化的日子里面，澳门刊物要突破（或者说在澳门的市场引起注意），包装、推广和美工将比任何问题都重要。

2003.5

六十八和四十八

六十八元任食的火锅和四十八元任食的火锅你会选哪一家？六十八元那家是我常常光顾的，已经吃熟了和里面的侍应关系都很好。我很喜欢吃火锅，所以这次回来又找了一晚过过我的口瘾。没有去六十八元的那家，因为刚好那晚没有鲜带子。于是等到九点便去了四十八元的那家试试。

味道还是可以的，但同样没有鲜带子。服务态度当然无法和惯去的那家比，不过也还算可以，至少狂点东西吃也没遭人白眼。至于说到肥牛，甚至比我平常去的那家还要好吃。可能用料不错。只是那些贵的东西叫一碟总是很少很少，而比较便宜的货色叫一碟已是大大的一堆。

问题一直都算没有吧，以四十八元一位来计算的话实在让人满意。一切的比较要到埋单结算时才分出高下。六十八元胜。四十八元大家都知道先来加一收费，纸巾花生可以收到差不多十元（我是来吃火锅的），关键是饮料，无论如何六十八元的那家都要比四十八元那家便宜。于是同样吃那么多东西同样点些蔗汁可乐，到结算显然六十八元的便宜。

或者这样说吧，可能其实大家结果的付出也差不多，问题四十八元的那家总有骗人的感觉，说的便宜收的贵。我宁愿去那家不加一元服务费明码实价的六十八元任食，既不用指定时间入座，也不用为了预算做一道长长的计算题。我数学成绩不好，只会做些加减数。六十八一位，两位便是一百三十六。如此而已。

更何况，为了竞争市场，六十八元一位包括任食火锅和BBQ任食烧烤，火锅之余还有另一种选择。被人骗过一次，想来吃东西嘛，还是家的感觉最好。去自己常去的那家，安全、稳当。六十八少于四十八，成立。抵。

2003.5

一次又一次

几乎平常的日子都是闲得可以。空闲的时候，总是想不起有什么正务，所谓不务正业、游手好闲。老是觉得日子闷得发慌，非得找些事做、要找些鬼玩意才觉痛快。那些快乐的时光，偏又那么快过去，甚至过去了也不觉得痛快。于是一年又差不多到结尾，原来很多事情，非在这时与我来一个了断不可。债台高筑，苦无对策。一大堆的作业原来未做、一大堆稿原来未写，然后还有一大堆的新任务，期末的考试又紧随其后。

情况一如以往，在这个时候，身边的东西坏的坏、散的散，身边的人怨的怨、骂的骂，总是为我的事操心操身。很多事情急忙地找人帮忙，很多人非常热心地从旁协助。没错，根据以往的经验，问题总会船到桥头自然直，结果还是迎刃而解。但当中的惊心动魄，有时真的很佩服自己，竟可如赌徒般在边缘中游走挑战或然率。那就是说，没有运气便什么都没有了。

有时文章是草草了事附会为之，不过反应还算可以，除了那些精明的眼光外，总算骗得过很多耳目。考试马马虎虎还是过了，只是成绩见不得人，也别算什么大雅之堂找份好工。至于论文，学问是一看便知的，只能求老师通融通融，迟些日子补交。其实好像每次参加比赛也一样，非要到最后一刻也不动手。任何事最初就是吊儿郎，当到后来才知“死字点写”。

或者我太喜欢检讨了，也和以往一样，几乎每一年都为自己的罪状写一篇这样的文章，为的就是要你或你或自己原谅我以往的一切，再一次进入幸福的怀抱当中享受太平。忏悔既是向自己，也是向别人的一种交待，目的是发泄和承认。如果你无法让世界原谅你曾经的一切，你便无法像我这么一次、再次、又再一次地错错错下去。

2003.5

书和人

问一个人最近看什么书，大概你可以知道关于这个人的一些事情。再深入地探讨，就某本书要他谈一些心得和感受，我们又更知道一些。我们并不是要去探讨他是一个好人或坏人，没有证据表明大贼就不看书。但看书的人比不看书的人，肯定知道更多的事。如果他是好人，他会是个博学的好人；如果他是坏人，他会是个聪明的大盗。

所以，不要排除看漫画的就是坏孩子。在我见过的人里面，是有人非常专心地读漫画的。如果你问及他们对于某本漫画作品的看法，他可以非常认真地为你解释作者创作的动机、它内里的意义、它的画功和对于某个作者的历史概要和重点作品介绍。把一件事情做得精细，那么便不是闲事了。如果有人和你谈漫画可以上升到历史的高度的话，即使你不把他谈论的作品当作一回事，但你必得对这个人肃然起敬。因为他很认真地“玩”自己的兴趣。

相反，那些故作高深常常和你说哲学、说经典巨著、谈艺术、谈历史、谈社会意义（就好像我这种人）的人，你就得非常小心。对他的话，你最好只采取半信半疑的态度。试着再深入一点向他作一些提问吧，如果他支吾以对、或表示这样的提问不在讨厌的问题以内的话，你便知道了，你便什么都不用问、不用信了。那些书本，可能只是他桐木书架里面最美丽的摆设。你会发觉，他常常挂在口中的著作清单，即使好像厕纸卷一样长，再多不过表明他能记下大量的作家和作品以供填空题使用。最终他对我们应该或想要知道的问题一无所知，对应该理解的东西毫无感悟。他什么都不知道，只知道用引文和著作掩饰自己的空洞。他不过在吓唬你而已。

2003.5

你为什么要看书？

有时看书说来对自己的学识未必有很大的帮助，但对于平常生活里面与人之间的沟通，却帮助很大。这当然也包括电影、音乐和艺术等等方面。而不同的朋友群当中，自然所说的话题也不一样。以我热爱参与的社群来说，艺术是必不可少的，特别是书。

使我有最大感觉的是村上春树新作《海边的卡夫卡》，当你发觉身边每一个朋友都向你介绍这本书的时候，你便有不能不读的理由了。因为好像大家都想听听你读完这本书的意见，如果你想有一个能让朋友都向着你细心倾听的机会，你便得看呀。

然后诸如现时流行的双CD单碟价的经典怀旧唱片，新近上映的电影等等，如果你没有一定的了解，那么确实是没什么话题。在澳门这样一个小小的城市里面，其实可以发生的事并不很多。而在这个世界上，适合我们的娱乐其实也并不是很多。如果你没有去旅行，没有做些什么特别的事，要在人群里找些话题的话，你便得通过自己不平凡的描述，或者，通过看书、看电影、看表演、听音乐来增加彼此的共同话题。当然，你也可以做为一个倾听者，但我认为一个好的听众，应该要对谈论的事情有一定的了解。

那么你便明白了，原来当一个好的老师并不是一件容易的事，并非只要你把书本里的东西讲授一次便是，要和学生沟通，要走进学生的心灵，你便得如在同事中聊天一样也有些共同的话题。你既要聆听，也要给予学生客观的意见，同时，又不能失了作为教师的方寸。这样，我们便知道，一个想刺激学生热爱文学而从来不与同学谈论新书的老师，他是个空想者，再多只能说是个中规中矩的教书匠而已。

2003.5

某晚，在回家的路上

有一些地方，我们总是不敢长时间地观望。最近我发现，每次我经过石牌派出所便有这样的情况。派出所的录口供室是非常公开的，每次我深夜回家的时候便发现一些穿着黑衣服的男女在里头被警察先生盘问。窗总是打开的，窗帘也从来不会用。所以，有时你会和警察的眼神碰个正着，有时则是那个在录口供的人。

不知道是我胆子小还是别的原因，我总觉得再多看两眼，警察先生或被录口供的人就会有话对我说。在我看过的电视剧里面，警察盘问犯人总是喜欢用直接（无电话本）或间接（有电话本）的暴力，而且习惯了在一个黑暗的房间里面，用台灯威吓犯人。如果是在路上的话，当途人多看警察或恶人（我并不敢肯定他是黑社会）几眼，他们都会异口同声地说："看什么看?！"警察会问你是不是想到警局坐坐，坏人会问你骨头是否有点酸痛。

所以，每当我来到石牌派出所这个公开的口供室时，那些潜藏在记忆里面的意识依然没有摆脱。所以我依然不敢张望什么，只是用眼睛好奇地一扫便过去了。老实说这个派出所绝对没有电视剧中的那么黑暗，虽然，我不排除有黑暗的地方。因为世界是由光与影组成的，或者那些黑暗的地方我看不见而已。而电视节目的影响一再被证实，因为你觉得电视的情节已经为你验证了每一个动作可能发生的后果。甚至你看到有人在后巷里面殴打一名无论是好人或坏人，你都必须保持冷静。以一种极其平和的心情和面容，暗中调快步调，走过。已经有太多的故事叫你别多管闲事，因为警察和坏人都有他们自己的处事方式，他们比较独立，不喜欢别人干扰。

所以，千万别尖叫。如果你亲眼看见那些电视节目里的镜头，也千万不要惊讶。虽然戏里面好人总是常常被打，但……你就当被打的都是坏人吧。

2003.5

从老庄新论到低能新一代

到图书馆借了本1992年出版的《老庄新论》，陈鼓应教授对于道家思想有非常精辟的见解，他的研究非常深入。可是从后面看到他关于道家在中国哲学史上的主干地位的论述与及和其他学者的辩论，多少感到有些无奈。就是那种看到两个人就一条吸管的两头争论哪一边是头哪一边是尾一样，我好像站在两个人中间苦笑。当然，像我这种不喜欢讨论的人在学术上自然没有什么好处，心中也知自己是什么材料。所以看到这样的论争自然也是一样的，你们也别见怪，当是我个人的读后感也并无不可，要不然我也不会站在一旁观看，永远是看论著而不是著论著。只是这次，向来喜欢老庄思想的我，也并没有特别偏袒陈教授。反正就是觉得好无聊，庄子看到也会发笑正如他笑自己一样。

世上就是有这么多让人发笑的事非做不可的。甚至看这本书的时候，见书后附有对方发表的不同意见的文章时，多少好像看到某人拿着别人的罪状在大做文章一样。“来看呀，他竟然如此这么……”自然我又是知道的，这种在学术研究都是些极平常的事，不过在平凡人的眼中看来，总难免显得小家。大家的文章明明是对立的，却又要互相礼让一下表明他的什么是对的，只是什么什么是不对（通常，这被称为礼貌）。看得人心烦了，结果还是辩不明。可能我们道家的一方当时是胜了，不过在结语的时候用上了庄子的是非难辩思想，则好像有些无聊。说了那么多证据来支持自己的观念，结论竟然是儒家的人自然说儒家是对的，道家的自然认为道家比较重要。自家说自家话实在是怎辩也辩不明。

或者讨论多了，能刺激辩论双方的思辩和思考能力。而很明显我们新一代的学生思维就是没有前辈活跃，无论所言对错，至少要开动脑袋。今天老师上课，教完一课后问同学明白与否，简直是多余的话。在这些年里面，谁会举手发问？很难得有个同学问问题，问的又是些无聊透顶的问题，问了会让人不想回答。所以有时省事了，老师也只是问过便算，也不准备回答什么，又或有时自问自答，一个人在演戏。

脑袋生草，难怪看那么多论文论著，结果也只得一字无聊，毫无收获。真不想再做发问低能，思考白痴。

2003.5

明天

凝终于踏上飞机，离开了澳门。这已是几个月前的事了，到如今，我才恍然大悟。或者我便是这样，总要到很久很久以后才懂得后悔，也总要在一些仿佛极为平淡的事情上大做文章。我每隔几天就会关注凝在英国的生活，除了比过往更多地关注、更加关心她的写作、她的生活以外，我觉得对于以往日子的追悔和补偿，已经再无能为力了。

曾经有人对我说，陆奥你这个人为什么总是那么偏心，为什么你可以对人那么不公平。我，可能对甲好得不得了，却对站在同一个层面上的乙漠不关心，就是这样。老实说，我并不知道公平的定义是什么，我相信这个世界没有绝对的公平。但我同意我这个人是极度偏心的。我就是太忠于感觉，我因着自己的主观感情任意妄为，以致伤害了人也惘然不知。甚至我可以因为一个人给我的第一印象好，而自欺地相信这个人永远都是好的。太主观、太凭直觉的人便是这样。如果我可以理性一点，或者说更周到一点对待我身边的所有人，一切事情便可能变得更美好了。

是的，我是把凝离开澳门的最微妙责任归咎于自己。虽然我知道一件事情的发生需要很多不同细节的结合才会导致，然而燃起那条导火线的，一定包括我在内。一对双生儿，我从来没有想到在她们的情感之间有那么危险，也不知道有那么多压力、那么多心事。像我们这样一个人来到这个世界上的，可能永远也不会理解。

凝还没有离开澳门前，曾经对我说：“哥哥，你好偏心。你总是对姐姐特别好……”

她没有生我的气，只是在话中显得不是味儿。

“真的吗？我并没有特别感觉到。”

“谁都知道你对姐姐特别好，因为她比较活跃，不是吗？”

或许吧，我在心里想。那一刻我还不懂得难受，虽然说我觉得作为一个哥哥，我确实厚此薄彼。我知道这些话并不是无中生有的，在过去那些日子里，我和 Bel 的话总是特别多。譬如说我在广州宿舍上网的时候，当她们两个人都在各自的房间上网，照理说我应该都和她们谈的。她们喜欢文学，喜欢我讲一些关于艺术、音乐、诗和写作的事。

然而对于凝的提问，我自觉说得太肤浅也太敷衍了。相反当 Bel 想跟我谈的时候，我则表现出极大的热情。我记得妈妈以前说过，我这个人是很幸福的。她直言不讳地告诉我，她对我特别偏心。因为我是大哥哥，而且我特别讨女人欢心。这些话我从来没有向弟妹说过，因为我觉得对子女应该公平，不要让大家难受。谁知道，原来我也遗传了母亲的个性。

上网的时候是这样，真的当我回来聚在一起时，那情况就更坏了。凝天生就很沉静，喜欢把话收在心里。而 Bel 则相反，她很活泼很讨人欢心，什么话都可以说出口。因此当我们兄妹在一起时，凝永远在聆听、Bel 在说话和提问、我在总结及回答。我试过希望凝多说点话，不过性格这回事是不可勉强的，我希望她个性强一点，希望她更勇于表达自己，然而一旦她改变，或者那个人便已不再是她了。

既然是双生儿，她们两个当然都是同样可爱的。陌生人如果不仔细地分别，根本无法知道谁是Bel、谁是凝。然而她们又有极端性的差异，Bel因为个性使然，好像从小就走在前面。她很前卫，喜欢新鲜的事物。有勇气，天不怕地不怕。有时我就觉得她太高傲了，她相信自己的魅力，相信自己的能力和智慧。甚至对于别人的批评，她可以置之不理，肆无忌惮做着自己喜欢的事情。如果她对你没兴趣，她会当你不存在。Bel平时爱装扮自己，总是那么漂亮。也因此，别人对她的感觉也很极端，要么很喜欢，要么非常讨厌。都因为她从来不顾及别人感受的关系，正如我。正因为我们相似，我是前者，我喜欢这个妹妹。

至于凝呢，我也喜欢，不过比较起来，我会照顾Bel一点，Bel太野了。实际上，凝更愿意相信我，对喜欢的东西更有热诚，也更关心别人。她也活泼，不过要比Bel含蓄一点。她也漂亮，不过比Bel朴实一点。她没有姐姐那样相信自己的能力和天赋，她总是默默地追求着，却显得那么内敛、谦虚。这都是Bel没有的。甚至她的追求和爱慕，都显得那么的长久和坚毅。印象最深的是她们读初中三年级那年，那时候Bel已经戴着隐形眼镜在学校穿得漂漂亮亮，常常都显得怪吸引人的。可是凝还戴着大眼镜，不那么多话，喜欢静静站在角落，或者跟一两个朋友在聊。凝永远没有像她姐姐那么张扬。她有话会悄悄对你说，其他人听不听见，那都没有关系。如果她对你说话，她便真的只对你说。

我发觉——虽然可能迟了一点，内敛是好的。并不是说内敛代表自闭，内敛的人也可以有着激烈的灵魂，它可是充满热情，可是充满爱和信念。不过所有的内容不是用话语直接表达出来，它通过一条幽深的通道直达你的灵魂，从而你可以了解、可以明白、可以思考。这就仿佛是文学，仿佛是音乐和一切深刻的艺术品，它是约翰·柯川（John Coltrane）澎湃而深沉的萨克斯风吹奏，是穆旦的激情，是拜伦、是雪莱、是叶慈。这，也是凝的人生和文字最大的优点。

可是正如我过去的人生一样，我太爱招摇了，我甚至不知道招摇会惹人生厌。我忽略了凝正如我忽略了自己最应该学习的美德一样。

终于在她到了英国的时候，凝才借着文字把长久以来内心的痛苦和挣扎对我徐徐道来。她把离开作为一种解脱，从而消除多年来活在姐姐阴影底下的痛苦。她把去英国继续学业的机会，作为脱离和姐姐比较、和姐姐竞争的一个出口。既然是一对孪生姐妹，凝不过比 Bel 迟几分钟走出母亲的子宫里，然而这样便注定了两者天生的比较。无论如何，Bel 是姐姐、凝是妹妹，这是无法改变的事实。虽然外表相同，却注定了性格因此有不同。

或者大哥哥和姐姐妹妹之间是没有这种感觉的，因为大家都会接受了兄友弟恭的传统观念，然而双生儿之间有着很多细微的比较。有些人是不会把感觉说出口的，所以你永远也不知道。可是这种情况的确存在，而且不能推翻。当你觉得只比你出生早一点、有着同一张面孔的她比你更加讨人欢心，得到更多的爱和关怀，你便会开始怀疑自己、质疑自己。你会质问自己为什么这样多相同点的人却有这样不同的结果。人生的经验和很多细节的事情决定了我们的性格和心理，正因为如此，也许只是因为习惯性地先叫姐姐后叫妹妹，也许因为姐姐和妹妹的名号不同，这就导致了 Bel 活跃凝文静。

凝的静，带着一种悲哀苦苦挣扎，既没有恨谁，也没有极大的不满。只是在内心，存在了一些不着边际的无奈感。这种无奈随着年龄的增长渐渐地扩大，以至散布全身每一个角落。凝说:“在澳门，我只能永远跟随着姐姐的身影，我会失去了自己。或者离开澳门，我会过得更快乐一点。”甚至她怀疑，她的写作要比姐姐差，总是比不上姐姐。我说，那不是真的，你们两个都写得很好呀。凝没有相信我这句话，可是这却是真的。在文字里头，我对谁都表示无私，只有作品在说话，偏袒谁都没有好处。要推动别人写作，首先要使他们相信自己。

我曾经独自思考过一个问题，如果 Bel 没有对文字存有兴趣，那么凝还会这样长久地坚持吗？又或者，凝在文字中的追逐，是为了追求文字的高度和兴趣，还是作为两姐妹之间的比较？她说离开会使她更了解自己，与此同时，或者我也会更了解她们吧。Bel 依然在澳门过着自己喜欢的生活，她一向如此，没有谁能够阻止。但在英国，凝仿佛真的有了重生。她继续着自己的写作，少了一种压力。她继续自己的学业，再没有什么要比较了，她唯一的挑战是自己。她好像真的发现了自己，双生儿再不是那种穿着同一款衣服，有着同一种爱好的幻像。在生命中，既然是两个个体，便肯定有着各自的不同。没有两个人是绝对相同的，即使双生儿也不例外。

她们是如此的关怀和爱护对方，如果两个人生活在同一个群体会带来痛苦的话，或者分开比暗带忧伤一起泡在浴缸里洗澡要更高兴。过去，拥有相同的两个驱体，一个温暖、一个冰冷。假如孪生真的可以心灵相通，或者她们会无缘无故地大哭也说不定。不知道有谁的心里又泛起淡淡的哀愁……我知道，她们为了各自的生命和爱，真的不知伤心过多少次了。

现在，凝有了自己的喜好和品位。我再看不到影子，她活跃起来了。她尝试了解爵士乐，说话中显得有兴趣但又无从入手。我给她寄上唱片和参考书，能看到她有自己的兴趣、自己的生活和爱，仿佛过去那些失望的日子便已经过去了，这也使我松一口气。作为一个哥哥，我觉得我多少有点低能。或者我唯一的优点只是能推动人多写几篇文章而已。对于人与人之间的关系，我老是显得无所适从、反应迟钝。难得她们都没有怪责我，她们都没有怪责我的冷漠，也不为我曾经的偏心而耿耿于怀。怎样才是一个好哥哥呢，我想我可以做的，只有把自己经历过的和感受到的事情跟她们逐一分享罢了。

Bel，这个世界不能只得一个人在活，正因为有了其他人，世界才变得精彩。从你们姐妹一些事中，我发现了要证实自己的存在，并不能只考虑自己。正如一篇文章，如果放在深山之中没有人读过，它的价值便永远不存在。要跟读者分享，你便要学会站在别人的角度去思考。每一个人都有值得尊敬的地方，这需要我们一一去发掘，一如我们去发掘灵感。哥哥并不是妥协，而是在学习更懂得爱。

凝，去到新的环境固然是好的，但同样的竞争和比较却并不会比澳门少。可能通过不同的形式，你仍得接受挑战。放松心情吧，尽量享受自己的人生，把任何的挑战作为自己生活里头最有趣的事情。试着在自己的路上找到乐趣。你依然不够坚强、不够勇敢，你要相信自己，把目标定得远大一点，一步一步地实行。

我这个人嘛，面对面总是说不出话的。既然我们都是热爱文字的一群，就让我的文字为你们打打气吧。人生的喜怒哀乐是值得欢喜的，那一切赐予我们希望和明天。近来我正在看费滋杰罗的小说《大亨小传》，他在结尾这样写道：“我们从前的追求曾经落空，然而没关系，明天会跑得更快一点，两手伸得更远一点……总有那么一天。于是我们继续往前挣扎，就像逆流的扁舟，被浪头不断地推回，仍要不断奋力向上。”

如果我们都认为过去有很多无法挽回的错误的话，没关系，就把眼光放在明天吧。

2003.6

网络的方式

越来越多人在评论网络文学，这一两个月台湾《联合报》和《中国时报》，还有近期的本地文学阵地，都有关于网络文学的报道。网上既没有编辑选稿，开个个人新闻台，自己就是自己的主人，想发表什么文章都可以。这实在对文学爱好者提供了一个很好的平台，更何况如果能吸引一班读者，即时对自己发表的文章作回应，这可能是对作者最快最直接的鼓励。甚至有时一个好网页的经营，读者每每比传统报纸杂志要来得多，自己亦觉文章有点影响力，心里就是觉得畅快。

虽然我在网上并没有什么读者，事实也无意推介自己的网络基地，不过如果以创作来说，我的激情多少是源于网络的。毕竟自己也是喜欢投稿的人，投稿没有被发表也是常有的事，于是把那些石沉大海之作投放在网络上，难得有人喜欢那些文章，我心里就觉得高兴。再者，有时在网上写写交换日记，每天保持一定的写作量，日子也过得特别踏实。

内地和港澳台的网络环境不同，浏览一下榕树下等网站就知道，他们有版主，情况有点类似讨论区的形式。在一个公众版块上面，不同的作者的作品放在一起供读者选择；而港澳台多以个人网页的方式，宣传则无法依靠网站的名气，要自行引起别人的注意。但综合两者，要使别人注意自己的文章，关键的有以下几点：

一、有一个比较系统的创作群体或组织。一来可作交流，二来可以互相宣传各自的网页；

二、有吸引人的题材。当然你可以创作自己喜欢的作品，不过一般上网看东西的人不会看太长的作品，也比较想看轻松的东西，高兴一下。爱情题材也很能吸引人。

三、有坚持的创作量。毕竟如果别人看到一个网页好久都没有更新，渐渐他们就没兴趣再来。而且行文最好也不要太沉重，笔法还得轻松一点。当然如果你希望看你文章的人是具有特别的文化背景的话，这又另当别论。

四、要经常自己推销。老实说这是一件很伤脑筋的事，人们都说有麝自然香，不过在网上要不是麝香真的非常香，则其实味道可有可无。要在茫茫网海中站得住脚，总得有些资本主义的广告推销的烟雾。

五、要与读者交流。往往作者能在回应留言时抓住人心的，显示出作者智慧的人，都可以吸引越来越多的读者。

可能这样说，网络的文学好像流于表面化一样。不过如果作为一个活动方式，在无聊的日子里在网络游走又可以找点事情做，这也是不错的。有兴趣在网络建立自己的发表平台的话，上面的东西大家也不妨试试。

2003.6

我的咖啡心情

寂寞城市咖啡店

我以前以为自己会一直喜欢小泉居，直到天荒地老。我以为这样便是我最好的工作和休息的环境。我以为，从玻璃窗外望出去的路人，便是这个城市最好的风光。然而，我又是最快离弃台式茶座，走进Starbucks（星巴克）的年轻人。在台式茶座的话，座上的多数是年轻人，总是喋喋不休地谈天说地。遇到有大聚会的话，这里便成了特大的聊天室。每年寒暑两假，相约一班中学同学和老师见面的地方都在这里。喝的东西无非就是茶和咖啡，也并没有什么好与不好，不太坏便可以了。台式茶座在我眼里是个热闹的地方，很难得才有个无聊的下午一句话也不说望着窗外发呆。一定是心情坏了。

把消闲的地方转到Starbucks已经很多个月了，时间的长度已经记不得。记不得多久没有去小泉居，记不得用了多少张Starbucks买一送一优惠券。打发等人的时间、写作、小型的朋友聚会，甚至有时放假回来澳门心血来潮，都会来到这里。有报道说这里的消费高，目标对象是些哥哥姐姐阿姨叔叔，但试想台式茶座的价钱，这里实则物有所值。楼下门口处总有几位先生女士在一边叹咖啡一边叹报纸，非吸烟区里面有人静静地在谈论事情。我喜欢坐在吸烟区（我不吸烟的）的窗边，望着下面石板路上行走的人群，从喷水池来，往玫瑰堂去。

有时因为喝太多咖啡怕影响胃部会转喝鲜牛奶，否则要例牌 Latte。在这里有一点是得承认的，来这里喝东西不是因为饮品有多特别（再多不过是豆磨咖啡），而是因为这里气氛好，情调佳。对于我这个喜欢静静地想事情，喜欢一个人到咖啡店，不喜欢说太多话的人，这里是一个很好的地方。茶座的台太大，一个人坐着总觉得不好意思，人多了便不想坐太久。

Starbucks 会有很好的地方，给我一个人，一个下午，一杯咖啡。特别当黄昏的残光从议事亭前地照落石板，某种慵懒倦意仿佛一段遗忘的历史般自咖啡香中飘来，你重读着这个城市，偶然便有一种寂寞的快乐。

咖啡店爱情比方

常到一家店子本身便可以培养感情，从茶座转到咖啡店，就好像告别一个恋人投入另一个的怀抱一样，是个极无奈的决定。一、我曾经以为茶座是自己一生所爱，但当你有了选择的时候，你发现自己最终的需要是什么。二、从新欢的身上，你发现了很多旧爱没有的东西，你可以说你过去是将就过来的，也可以说你开始对自己的爱有了要求。三、这是个格调的问题，人到底会长大的，可能最初你喜欢的是可爱清新和活泼两小无猜的情人；到如今，人是长大了，想法也深沉了，于是你便想找一个理解你能照顾你的伴侣。四、这是激情和柔情的问题。

到底不是爱情，不过作个譬喻而已。毕竟上面的东西是很自私很个人的事，但试想想咖啡店和爱情，其实都是一种满足。这是一种相互的满足和补足，是一种消费，是一种打发漫长人生的工作而已。长大是很现实的事情，当你眼光宽阔了，你便知道伴侣的价值其实一直好像股市般波动。专一是值得尊敬的，要不然咖啡店老板不会对熟客招呼周到。可是对得起别人，对不起自己。同样的价钱，你可以享受更优质的服务。我们应不应该把它放进道德的层面看呢？

爱情（咖啡店）也是讲市场和经济效益的，在资本主义社会这无可厚非。要验证自己品位验证自己对它的爱，你不妨想想那些细节吧。在茶座的时候，当我看到有人在台面上涂鸦，心里是难受的。反叛就好像文身一样，是一种青春的印记。到后来，或者我们会追悔，为什么自己那么不顾后果。但同时，你认为在这里所发生的，便是这样宿命。年轻便注定了涂鸦。

但当我看到那些走到Starbucks大声叫嚣的少年，在咖啡店抽烟、捣蛋，甚至在墙边吐口水，我会为少年和咖啡店难受，非常难过。爱情受到伤害本身便是一件非常痛苦的事情，你还要看着一代一代的年轻人从精神到肉体上都越来越颓败，你便越觉痛心。我以前不会这样觉得，但对比之下（虽然我们那一代已经很顽皮），你开始同意老师的说法：“一代不如一代呀。”

眼光不同了，我感到自己无法再同样以年少轻狂的心情去看过去认为可以接受的事物。人越长大，越会找寻安定，越会更加珍惜。长大了，人会变得踏实和成熟。或者也和新欢有关系吧，但至少我相信，这次分开也是好的。如果旧爱是好的，时间将会见证一段真爱、一段成长的心路历程。然而将来他们必定发觉，咖啡店不是那种作乐的方式。他们终会懂事的。

咖啡店再袭击

到咖啡店不同到茶楼，明显就有崇洋心态。这可以作为现代中国思想被西方思潮一再侵袭的象征。茶楼对于年轻人来说就好像唐服一样，是父母辈的东西。要么需要潮流文化的“推波助澜”，否则，就没有谈论。就好像之前流行起穿唐装一样，是潮流，和传统无关。穿唐服是一种时尚，到咖啡店去也是一种时尚。

我很崇洋，在中西文化都没有太多认识的基础上，我自觉所阅读的书本几乎全部都是西方著作。要我强挤出一点中国文化的东西，也不过老庄李白。会看些鲁迅，这更加引起我对自身民族认识不足的内疚。我认为像卫道士般完全拒绝不去咖啡店是大可不必的，在全球化的潮流底下，你不可能要中国人通通都穿起民族服饰复归于古。既然我们穿的是T-shirt，吃的是麦当劳，用毛笔不是写字而是书法，那么已经不是时候去想“反清复明”了，不如思想怎样去保留传统和民族性区域性的事情来得实际吧。

无疑，麦当劳也好、茶座也好、Starbucks也好，甚至作为澳门有被占领地区特色的葡式咖啡文化也好，对于中国人来说都是文化侵略。为什么我们会被侵略，会被打倒呢？有研究认为，它们最大的吸引力便是来自于为消费者提供的一种稀缺资源：“公共空间”。试想想在没有这些公共空间以前，我们要到哪里去交流、放松，打发各自无聊的时间呢？甚至连三急之时所能找到的厕所也好像突然消失了。去咖啡室茶餐厅？茶楼？公园如何？总不是每个人都有能力负担酒店消费。那么，中国人的公共空间在哪里？

那么又是时候回到关于咖啡店和茶楼的问题上了。你有没有到过茶楼读书待一个下午，有没有试过走上一家茶楼借厕所？理论上都是可行的，但实际上我们都不想听到："先生，借问声几多位？""先生，你还点茶吗？"对不起，你将会引来很多白眼和不必要的压力。这跟你闷在家中写作的压迫感无异。如今，你无法像李白般在酒馆把酒赋诗，也别想象可以在亭台有个舒适的气氛。所以咖啡店赢得了现代城市人的芳心，我们在营运低谷时为咖啡店提供足够的人气——虽然我们没有太多消费。消费者在这种通融的态度里能按自己的需要利用空间，店家有利可图之余，它也成为了人们一种生活方式，一种"有闲阶级"的"显示性消费"概念（参看《有闲阶级论》），"往往是出于某种虚荣，而不是仅仅为了满足生理需要"。这是时髦的年轻人和白领们（当然也包括我这种需求公用空间的人）显示自己文化与文明的过程。因此我们也不妨想想，欧洲几多文人墨客，就是靠咖啡店这个地方互相交流和讨论的。

老实说，输了一场没关系，但往后我们是否应该想想，要怎样建立起有中国特色的公用空间呢？公用空间本身可以体现一个城市的文化背景，在咖啡杯中能看到的，我想用功夫茶杯透射出来会更有味道。要知道，现代的李白杜甫纷纷等待喝茶的地方，继续附庸风雅，继续谈论国事。

2003.6

读书与书市

书市嘉年华地点改了以后，生意好像特别好。我向来在各种书展里面，总是看的多买的少。不过今年也受不了好书和好价钱的诱惑，买了几本在如厕之时慢慢享用。

今年文化局的专柜很多书都大特价，有些砖头大的全彩书也不过十元钱。《中国美术馆藏路德维希夫妇捐赠国际艺术品》非常值得拥有，里面收录了大量的艺术品，可能很多艺术家的名字我们不认识（我知道毕加索），但作为一个学习过程，这个课程可真超值。至于《沈从文全集》和陀斯妥耶夫斯基的《地下室手记》，看到价钱以后，我的心也是痒痒的。

在今年时间比较长的书展里面，我们可以花一个下午在书海中畅游。如果你对“她”没什么把握，明天你可以再和她约会，看看能否擦出火花。觉得不错，那就把她带回家，觉得合不来，放下再找别的。到后来，想要回头也并不困难，毕竟时间还是有的。即使当是打发时间，能够看看文字，看看英语ABC，看看今晚食乜餸，教你如何慰妻，教你如何产子，教你如何致富，谁动了你的奶酪，穷爸爸遇着富爸爸大谈《人性的弱点》，阅读本身的选择性便是无穷无尽的，它使你快乐，也给你自由。

看书不同于看电视，首先就是接受方式的不同。为什么在这个急促节奏的时代里面还要推动别人看书呢？因为阅读这种接受方式更有利于独创性的思维和个性思考的发展。一百个人看《安娜·卡列尼娜》有一百个安娜，但我看过电影后，安娜的形象已固定为苏菲·玛索的面孔，再没有想象的空间。书展更是方便建立起自己的眼光，在这个消费力疲弱的光景里面，你怎样为自己设定一个限额，在这个限额里面，得到最多最精神的思考机会，把最好的“伴侣们”带来家，让你满屋军师孔明。

2003.7

四年前后

四年的时间，能让一个人渐渐地改变，你能否坚持地去做一件事呢？由于整理自己刊登过的稿件的关系，重读了几年前的作品。我第一次发表文章如果没有记错应该是 1999 年暑假在华青刊登的诗，第一篇小说发表在 1999 年的 8 月 25 日，接着，我的写作之路便开始了。现在重看那些四年前的作品，有些实在不堪入目。特别是那些观点，原来在这四年里面，我不断地推翻、重建、再推翻。

林振强先生说，关于创作的书他从来都不喜欢看，因为看了也没有收获。我很少看关于创作的书，一切关于写作的东西我都是从阅读经典作品、参考著名作家的创作而得来的。更又得到前辈指点和指导，自己的方式也就出来了。这种学习的过程并不是上课，更多类似于聊天。书展创作讲座那天莫兆忠前辈便认为“吹水”可以是一种创作过程，它激发人的思考和创意。所以我喜欢放学后找喜欢的老师，听他们说话。所以我喜欢听别人说话，静静地听，看他们的神情、看他们举止。任何的一种偶然性都能引起我们不同的反应，而写作在这四年里面注入我的生活，所带出的结果是：通过它，我更清楚了解外面的世界。

那么现在回到这篇文章的主题吧。创作到底能不能教出来呢？我想是不可能的，创作本身其实是很自觉的东西，教别人创作的重点不是教你写些什么、教你如何写。创作讲座的目的是要刺激你对生活的体验、激发情感、开动你的感官，打开大脑中那一片尚未开启的处女地。所以如果要了解如何创作、如果想加深自己创作的技巧，看书并不是最好的方法。最好的方法还是去请教，最好是能互动，能在生活之中，产生一些具体性的事实。只要掌握一条，任何的事情都离不开生活，存在的终极目的是借生活中的各种现状去了解生命。当中包括我们每天所经历的欢乐和悲伤，爱和恨，敌与仇。

1999 年的时候，我无法写出自己的写作心得，就好像最初写作爱情故事的时候，我所知道的只是为了谱出一段可歌可泣的爱情。2003 年的今天我如果写爱情故事，我的目光已经超越了爱情，目的已指向了更深广的意义。我在网上看到很多仍以文字写作的学弟学妹们，正经历我 1999 年当时的心境，我希望他们都能在往后的改变中，渐渐推翻过往的创作，在求变求新的过程里面，能找到自己作品更深广的意义，写出更深刻、更有力的故事。只要你能坚持去阅读去写作，其实我那些什么创作心得，你听了没听也没关系。

2003.7

爵士放浪音乐夜

如果7月10日你有走进文化中心小剧院的话，我想你会同意夏夜放浪爵士音乐会的确是清新爽朗的。我最初对这次表演的可观性有所保留，一则我个人对吉他弹奏兴趣并不浓厚，二则即便上次在香港五百元一张门票的星级大师Herbie Hancock表演也没什么惊喜，近来好像对音乐的敏感度越来越低，就好像身体坏吃什么都没胃口一样。可能是之前吃得太多，最终肠胃不适。这晚Guy le Claire四重奏再加客席歌手Cherryl J.Hayes，清爽自然的表演忽然深深地触动我，消去了这个夏夜闷热的天气，还有说不尽的压抑心情。

首曲过后吉他轻盈的弹奏带来The Girl from Ipanema，在Bossa Nova热浪般的乐声中使我越发留意这场表演，在中场休息前的表演一直处于极高昂的状态当中。到Cherryl J.Hayes的出场，她把节目带出新高潮。拟声唱的方式让我想起Scat老祖Ella Fitzgerald和豆沙喉的Louis Armstrong，Hayes阿姨歌唱的音色一般，不过胜在台风够，而且节奏掌握得很好，毕竟是黑人，就连说话都好像在唱蓝调，要不是自己英文差，听清她说什么的话一定更加过瘾。

到后面的Time after Time、Autumn Leaves、Quiet Night At Quiet Star，轻松、放浪，越玩下去舞台的界限就越放宽，

台上台下你一句我一句。Hayes 带一句，然后把麦克风指向我们指一句。爵士乐便通过这种对话、领歌的方式决定出一种音乐的乐趣。吉他、低音吉他、钢琴、鼓和人声轮流献技。人声即兴拟出一段旋律，接着鼓手 Anthony Fernandes 和应出一段清脆的节拍，就好像霹雳舞传电一样，又把一段新的即兴传给低音吉他，继续互相传递，互相引发出新的音符和旋律。

值得一提是现场表演的吸引之处，便是看乐手之间的这种互动、即场的发挥，Claire 的电吉他断了一弦依然临危不乱，弹得异常动人激昂，我最终为他的狂放自若拍拍手掌，转到 Flynn Adams 的低音吉他 solo 时他便立刻修理乐器，一会儿后便可继续和大伙 Jam 起来，看着惊喜刺激。而另一个在现场特别值得注意的则是乐手对话之间的配合，看鼓手 Anthony 和钢琴手 Allen 因应其他各人音乐的起合相应地配出节奏和和弦，那种在现场即时的配合的智慧也极有意思。

看爵士音乐乐手的熟练的技巧，那些快得可怕的指法实在让人叫绝。后半场那一段段充满西部蓝调的摇摆曲目更是尽显每一个人的个性和即兴的力量。摇摆的节奏使人禁不住踏着脚步跟着一起打拍子，后来更是观众一起拍着和应。全场的热潮在 Route66 的 Encore 当中作结，这样的组合这样的歌曲加上音乐会结束后咖啡店喝一杯清新的特饮，这确是今年最 High 最兴奋最热情的一个夏夜。

2003.7

夏日随笔

这个夏天没有做暑期工，或者算有，也没有什么具体的上班时间。整个暑假都和文字为伍，每天都要为兴趣和工作拿起笔，打开电脑，打字。

为兴趣写的是诗、小说、散文，为兴趣的工作会有评论、依题作文和新闻稿。之前在网络书店写的爵士音乐工作也没有再写，反正稿费也不多，赚来恐怕也不够买唱片。现在为自己每天的工作编排时间，大脑不停地工作，常常会有非常忙碌的感觉，但当别人问到我到底在干什么的时候，我又不知道怎样回答。

“我在思考呀。”

有些人会以为我在说笑，明白的人会叫我不要想得太辛苦。写杂志稿或者评论虽然花时间，但到底只要肯付出劳力，大抵可以依期完成。为兴趣写的东西也是心血来潮，手到擒来，心里到底是高兴。最苦的是按题目来创作。比如说人家约你写些什么东西，既可以赚钱又有挑战，心里当然乐意的。可是回到家开始要想要构思，当下又要叫苦。一来是人家请你写的，写不好便再没有下次，那么就有压力。二来有特定要求的便不能玩即兴玩随意，很多东西都要很仔细考虑清楚，结果写来也没有那么顺心。可能写出来不过三两天的事，但之前思考和找意念要花的时间，却是非常漫长的。可能在外人看来好像我又在发呆，可是你就不见我脑中冒汗，拚了命在做精神劳动。

当然，付出和收获多少算是正比的，如果你没有期望过高。人就是要在各种并不顺意的环境中去锻炼自己。通过按题作文来锻炼自己的创意，通过坎坷的际遇来锻炼生命意志和人际交流技巧。人是越来越聪明的，趁着年轻受点苦也没关系。更何况，坎坷的际遇我至今还算没遇过，也不过比为兴趣而写更艰难一些，日子还算是好过的。练人和练笔都是需要时间，有人说如果你把写作当成一种工作，难道不是变质了吗？我却认为，其实就好像武僧过十八铜人，学功夫也不是为打十八铜人呀，为什么又要过十八铜人呢？

最终任何得意的工作都会回归原来的目的，我原来的目的也是为兴趣。与文字为伍本身便使我高兴，如果我的文字能发挥效力，使人更关心文化和精神层面的建设，那么我的工作也可以算是我的一种兴趣。至于怎样看，悉听尊便。有没有变质，自己最清楚。

2003.7

台风过后的心灵风暴

台风后的那天我和一个非常重要的人跑到路环去，想吃安德鲁西饼。沿路的风很大，几乎把我们吹跌，但我们笑得很愉快。安德鲁没有开，路环没有游客，扫地的清洁工阿姨在打理台风过后杂乱的街道，与我们闲聊了几句。至于路环的街市开着，出入的师奶购物以后仿佛感到异常的无聊，我们也和她们聊了几句。在打听一些有美食的地方，还有我们往后可到何处，可以做些什么。

那是漫无目的的，但人有时是要做些漫无目的的事，借那些时间去想一些目的、想一些目标。我是那种人，当心情不好的时候，会默默地想事情，会在静静的街走，然后又回到那条繁杂的路，去听听在繁嚣城市里面那些寂寞的声音。我听那个非常重要的人说，在城市里面有三种生存状态，一种叫孤寂，一种叫孤单，一种叫寂寞。孤寂的人是绝对的，而寂寞可以在人群里发生，不过是孤寂的人不再孤单而已。而孤单有时是最幸福的，因为孤单并不一定寂寞。

我认为，一个非常重要的人是非常重要的，因为只有这样，我才能再一次不再孤单，也不再寂寞。我承认，我自己不是一个孤单的人，因为我身边很多朋友，也很多工作。但我寂寞，因为无论在何时何地，那些别人无法理解，那些别人无法安慰我的地方，依然在缺失着，我依然在寻找、在等待那个可以消解我内部痛苦的人。我曾经遇上，但好景不长。现在又重遇上，我方发觉这种感觉是何等珍贵。你既不用孤单，不用常常为了消除孤单而走进那些无法交流的人群里面白叫自己寂寞。你可以和她在漫长的人生中一同消耗寂寞的时光，让两颗寂寞的心，紧紧地连在一起。

尼采认为，人生本来就是无意义的。而只有赋予人生以艺术，人生才有意义。我想，我是一直等待着她，和我一起寻找人生的意义，也和她一起去赋予人生意义的。我不能肯定尼采的话是否百分百全对，但我知道世事没有十全十美。我知道寻找意义的路上，我和她都会很苦很苦。

2003.7

爱你的流浪猫

我小时候很喜欢郭富城，或者说，我喜欢小美。因为郭富城的唱片里面有很多动人的歌，歌词都是小美写的。以后，每当我爱上一个人或挂念一个人的时候，我都会拿起那张《没有你的爱》听那首《爱你的流浪猫》。然后会听另一张的《你是我的二分一》，到后来的《信鸽》《如果下半生》。小孩子的时候很多东西都愿意表达得直白一些，如果爱你，便说爱你，没有什么没意义的形容词和象征，也没有像什么的感觉、仿佛什么的东西。我们没有所谓经验的东西，只是纯然的一种感觉。

到长大了些，自以为很了不起，会看不起以前听过的歌，甚至会后悔自己过于直白的情感流露，觉得自己干了一些很后悔的事情，越想越后悔。自己既无力去改变，发生了也无法挽回，于是只能尽力地隐藏、收起、掩盖。就好像那些唱片，那些尘封的封面，那些曾经靠得很近的脸，那些触碰的指尖。当然，最痛苦的东西也不舍得抛弃，便是因为最甜美的东西也在里面。无论如何，当你寂寞的时候回忆起那些心事时，那些苦乐的交杂还是美丽动人的。就好像多年以后，我再拿起那张《没有你的爱》听听流浪猫如何悄悄地走在你的窗前，留意爱人的一张脸，偷想躺在她的心田、睡在她的身边。

流浪猫注定了要在不同的地方寄居，也注定了漂泊。但流浪猫可以变成家猫，否定了注定，安身过一些舒适的生活，它再不是流浪猫了。我过去是这样想的。但我所知道的流浪猫，即使有心人收留了，骨子里仍然是一只为爱漂泊的流浪猫，就好像微风注定了踏前。我知道，它有自己必须要到达的地方，它有它自己必须每天经过的窗前。里面是它永远无法抵达的地方，只能望，不能触摸。

其实我近来心情不好，常常会想起《重庆森林》里面对物自语的梁朝伟。不过没关系，我并没有自闭，人总有不开心的时候，而我以文字抒发我的情怀，到底也算是一种平静的发泄。

在流流浪浪夜静有我的出现
如微风　在踏前
望全城大地像为了你的安睡
如无语　的诗篇
孤单花猫悄悄在你的窗前
来留意你　一张脸
偷想一生会躺在你的心田
睡在你　的身边
……

2003.7

图书在版编目（CIP）数据

新世代生活志：第一个五年 / 陆奥雷 著. -- 北京：作家出版社，2016. 10
（澳门文学丛书）
ISBN 978-7-5063-9214-3

Ⅰ. ①新… Ⅱ. ①陆… Ⅲ. ①散文集 - 中国 - 当代 Ⅳ. ①I267

中国版本图书馆CIP数据核字（2016）第247167号

新世代生活志：第一个五年

作　　者： 陆奥雷
责任编辑： 冯京丽
装帧设计： 棱角视觉
责任印制： 李卫东　李大庆
出版发行： 作家出版社
社　　址： 北京农展馆南里10号　　**邮　　编：** 100125
电话传真： 86-10-65930756（出版发行部）
86-10-65004079（总编室）
86-10-65015116（邮购部）
E-mail:zuojia@zuojia.net.cn
http://www.haozuojia.com（作家在线）
印　　刷： 三河市华业印务有限公司
成品尺寸： 133×214
字　　数： 280千
印　　张： 11. 875
版　　次： 2016年11月第1版
印　　次： 2016年11月第1次印刷
ISBN 978-7-5063-9214-3
定　　价： 33. 00元

第一批出版书目

王祯宝《曾几何时》

水　月《挥手之后还会再见吗》

邓晓炯《浮城》

未　艾《轻抚那人间的沧桑》

吕志鹏《在迷失国度下被遗忘了的自白录》

李成俊《待旦集》

李宇樑《狼狈行动》

李观鼎《三余集》

李鹏翥《澳门古今与艺文人物》

吴志良《悦读澳门》

林中英《头上彩虹》

赵　阳《没有错过的阳光》

姚　风《枯枝上的敌人》

贺绫声《如果爱情像诗般阅读》

袁绍珊《流民之歌》

黄坤尧《一方净土》

黄德鸿《澳门掌故》

梁淑淇《爱你爱我》

寂　然《有发生过》

鲁　茂《拾穗集》

穆凡中《相看是故人》

穆欣欣《寸心千里》

以上按作者姓氏笔画排序

第一批出版书目

曾几何时
王祯宝／著
Colecção Literatura de Macau
握手之后还会再见吗
浮城
轻抚那人间的沧桑
在迷失国度下被遗忘了的自白录
诗息集
狼狈行动
三余集
澳门古今与艺文人物
悦读澳门
头上彩虹
没有错过的阳光
如果爱情像诗般阅读
流民之歌
一方净土
澳门掌故

第二批出版书目

太　皮《神迹》小说

尹红梅《木棉絮絮飞》散文

卢杰桦《拳王阿里》诗歌

冯倾城《未名心情》散文

朱寿桐《从俗如流》散文

吕志鹏《挣扎》诗歌

邢　悦《被确定的事》诗歌

李烈声《回首风尘》散文

沈慕文《且听风吟》诗歌

初歌今《不渡》小说

罗卫强《恍若烟花灿烂》散文

周　桐《除却天边月没人知》小说

姚　风《龙须糖万岁》评论

殷立民《殷言快语》散文

凌　谷《无边集》诗歌

凌　稜《世间情》散文

黄文辉《历史对话》诗歌

龚　刚《乘兴集》散文

陶　里《岭上造船笔记》散文

程　文《我城我书》散文

程祥徽《多味的人生之旅》散文

以上按作者姓氏笔画排序

第二批出版书目

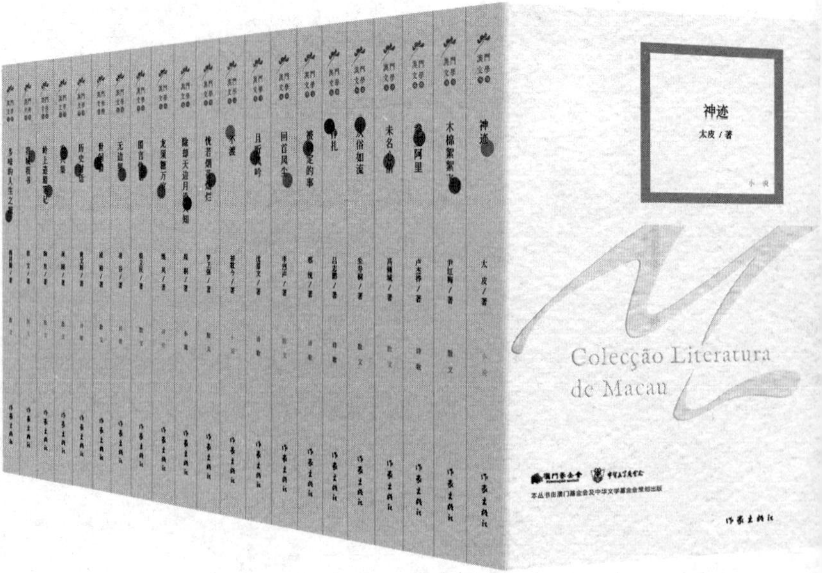

澳門文學 丛书